U0676406

李星·创纪

魏敏杰◎著

中国民族文化出版社

北 京

图书在版编目（CIP）数据

李星．创纪 / 魏敏杰著 .-- 北京：中国民族文化
出版社有限公司，2024.4（2025.6重印）
ISBN 978-7-5122-1858-1

Ⅰ．①孪… Ⅱ．①魏… Ⅲ．①幻想小说一中国一当代
Ⅳ．① I247.5

中国国家版本馆 CIP 数据核字 (2024) 第 080347 号

孪星·创纪
LUANXING CHUANGJI

作 者	魏敏杰	责任编辑	郝旭辉
责任校对	李文学	装帧设计	姚 宇

出 版 者　中国民族文化出版社　地址：北京市东城区和平里北街 14 号
　　　　　邮编：100013　联系电话：010-84250639 64211754（传真）
印 刷　三河市同力彩印有限公司
开 本　710mm×1000mm　1/32
印 张　7.5
字 数　158 千
版 次　2025 年 6 月第 1 版第 2 次印刷
标准书号　ISBN 978-7-5122-1858-1
定 价　42.00 元

目 录

1. 阿伦纪元前 4 年

"我看见一个人，头顶光环。"

吉瑟恒星散发出温柔的霞光，拨开了阿伦的睡眼。阿伦躺在草地上，带着意犹未尽的睡意，怔怔地看着晨曦里红彤彤的吉瑟恒星。它此时正和草原地平线相切，显示出一个轮廓清晰完整的圆。这个圆，又让他的脑海里再次浮现出睡着时看到的情景。

"我们出发吧。"

阿迪没有理会儿子，而是站起身子，抬腿就走。吉瑟恒星在地平线上一露头，阿迪就醒了。他一直坐在阿伦身边，默默地看着吉瑟恒星的霞光，落在草叶上，变成金色的光点，由远及近地跳跃着，慢慢浸染着这片草原。这期间，阿伦紧闭着眼，呼吸均匀而深沉，一副熟睡的模样。即便草原上有人走动，他也绝不可能看见。说有一个头顶光环的人，简直就是胡言乱语。

阿伦一骨碌爬起来，跟在父亲身后。他睁开眼睛，又闭上眼睛，脑海里显现父亲在前面行走的背影，画面很清晰。只有看到的，才可以在脑海里显现。之前一直沉睡着，啥也看不到，为什么脑海里会有一个人的形象，如此清晰，又如此陌生。以前从来没有过这样的情形，阿伦突然感到一阵阵担忧。

"我是不是病了？"

"不可能。"

父亲安慰着儿子。

草原上越来越多的人向他俩汇集，逐渐形成了一支200多人的队伍。阿迪和阿伦走在队伍最前面，比所有人都要高一截，就像是老师领着一群小学生在路上走一样。他们有男有女，有老有少。这些男女，仅仅是腰间围着一尺宽的兽皮，再无其他服饰。身体其他部位，都是裸露的。年轻体壮的男子，有的背着一捆一端绑着尖尖楔形石块的细长木杆，有的拿着短粗木棒，肩上斜挎着一圈圈绳索。其他男女，则背着大小不一的皮囊。

阿迪带领着这些男子在草原上狩猎，而妇女和孩子则忙碌着采摘果实。等到秋天的时候，他们会一直向西进发。临近冬天的时候，他们走进群山里，找一个山洞躲避风雪严寒。待到春天来临的时候，再次回到草原上。

广袤的草原上活跃着成百上千个像哈贾这样的族群。族群在草原上的行走线路，往往因一场狩猎而发生偏移，又会因为紧接着的一场狩猎，再次发生偏移。族群的移动总是那么随性。两个陌生的族群相遇是常有的事情，只是想要来年再次相见，几乎不可能。

"要是能够碰到洞阿族人就好了。"

阿伦一心想见到的是阿蓉姑娘。去年的这个时候，哈贾族人和洞阿族人不期而遇。阿伦和阿蓉四目相对，互换确认的眼神后，便在草原上追逐嬉戏，摸爬滚打，最终缠绵在一起。两个人甜蜜之后，阿蓉就准备不回洞阿族了，跟着阿伦在哈贾族里一起生活。

可惜的是，一场突如其来的狩猎活动，冲散了他俩。

草原上的族群，男女在一起的时候，必定是一对一，不会一对多。男女不喜欢对方时，自然就分开了。他或她会寻觅新的另一半再组成一对儿。阿伦虽然对她念念不忘，但如果真要见到她，看到她身边有了别的男人，他也会平静地接受。

"草原上的人，越来越少了。"

阿迪话语里流露出一种隐隐的忧虑。

"你怎么这么肯定？"

阿伦有些质疑，也有些认同。

"中间这根的结比今年的多两个。"

阿迪腰间垂下三根牛皮筋。每根牛皮筋上都打着一个挨着一个的结。中间那根上的结是去年的，确实要多一点儿。阿迪有个习惯，每次遇到一个族群，就会在牛皮筋上打一个结。

"这根又比去年的多。"

父亲指着最左边的一根牛皮筋。那上面的结是前年的，比去年的多了三个。这三根牛皮筋上的结表明，他们遇到的族群，每年都在减少。

"他们去哪儿了？"

阿伦心里也有了父亲的忧虑。草原上会有不知道的怪兽吗？能够在一个晚上将整个族群的人全部吃光，不留一丝痕迹？这三年来，草原上很平静。除了捕杀野兽外，族群之间从来没有过厮杀。族群莫名其妙地减少，让阿伦感觉到一股阴森森的诡异。

"冬天要来了，我们向着落日方向走吧。"

阿迪将吉瑟恒星称为"日"。在落日的方向有群山。族群在

草原上无论如何移动，只要向着落日方向行走，总能走进群山。

向落日方向行进的两个月中，哈贾族人收集了大量的坚果。像核桃那样的坚果，能够保藏整个冬季。在整个夏季，哈贾族人每次狩猎后，用白色或者灰色的岩盐粉，将吃不完的兽肉、禽肉、鱼肉腌制风干。有了这些腌肉和坚果，整个冬季，哈贾族人可以躲在山洞里，抵御严寒和饥饿。

在挨着草原的群山脚下，每一处山坳里，都有着大量的岩盐。岩盐有各种各样的颜色，深受哈贾人的喜爱。他们在春季出山之前，会收集红色、蓝色、黄色、紫色的岩盐，将它们搓揉成粉末。哈贾人会在狩猎时，将不同颜色的岩盐粉涂在脸上，以表明各自的分工。

群山已经在眼前，气温也一天天地下降。哈贾族人背负着沉重的食物，艰难地向山上爬去。阿伦先行一步，提前找到了足以容纳哈贾族人的洞穴。这个洞穴曾经有某个族群在此居住过，但是他们肯定不会再回来。哈贾族人这种鸠占鹊巢的行为，不会引起纷争。

草原上从来就没有路，没有那种被人刻意踩踏出来的路。每个族群游荡时踩出来的路，有时会被突如其来的一场雨水冲刷得无影无踪，有时被一群野牛或者野马践踏，覆盖上它们的踪迹。甚至，新草很快长出，填补了倒伏的旧草，也会让族群留下的足迹荡然无存。一切都会恢复成人迹罕至的原始状态。

所有的族群在草原上随性地游荡，遇着动物便狩猎，遇着野果就采摘。经过春、夏、秋之后，人们早已失去出发时的确切方位，要想回到原来的洞穴，已是万万不可能的。

在山里第一场雪来临之时，阿伦当着向导，引领哈贾族人终于抵达洞穴。阿迪族长等所有族人进入洞穴后，便命令阿伦和几个年轻人，用树枝将洞口完全遮挡起来，抵御凛冽的寒风。

这个洞穴仍留有去年遮挡用的树枝。很快，他们将树枝横竖交叉地堆到了洞顶。等整个洞口封闭起来后，同伴们朝洞里走去，阿伦则坐在洞口旁的岩石上，透过树枝间的缝隙，看着外面飘舞的鹅毛大雪。

在这两个月里，阿伦时不时地会在梦中见到奇异的景象。他看见在无边的黑暗中有一个巨大的、熠熠生辉的环中环。他看见一个长方形的两头尖尖的物体，喷着缕缕蓝色的火苗，有时在天空中一划而过，有时悬停在空中一动不动。他看见头顶光环的人，时不时从这个长方形物体里进出。他还看见头顶光环的人，脚下白云翻滚，缓缓降落在白雪皑皑的山峰上，消失在云雾里。

阿伦问遍了族群里的每一个人，大家都是一觉睡到天亮，从没有梦见过日常景象，更别谈奇异景象。阿伦起初担心身体出了问题，但是一觉醒来，精神抖擞，没有任何不适。

阿伦渐渐适应了睡眠中有景象的日子，也对这些奇异景象有了好奇心。他认定这些奇异景象是真实存在的。明年的春天，一定要在山区里寻找那座雪峰，寻找那个头顶光环的人。

渐渐地，雪花飘落在树枝上，将整个洞口遮盖起来，密不透风。从洞外看，看不出这里会有一个洞穴。阿伦从沉思中回过神来，顿时发觉洞里暗了许多，洞外的风声也很微弱，整个世界显得异常宁静。他摸索着来到洞口，在地上捡起一根细小木棍，在码放的树枝堆中，穿过缝隙捅破外面的积雪，露出一个小洞眼。

阿伦把眼睛对准小洞眼向外张望，除了鹅毛大雪，啥也没有看到。迟疑了一下，他便扭头向洞里走去。洞穴的前一小段较为狭窄，接着就豁然开朗，是一块大大的开阔地。在开阔地上，篝火一簇一簇的，一共有10堆。族人们20人左右一群，围坐在篝火旁，正吃着烤熟的腌肉。

阿伦绕过一堆又一堆篝火，在洞的最里面，找到了父亲阿迪。他坐在父亲身边，从篝火里掏出一块滚烫的羊肉，一边双手倒腾着它，一边一口接着一口地吹气，最终将它送进口中。

族人们吃饱之后躺在地上，很快就陷于沉睡之中。一堆堆篝火喷薄而出的热浪，前赴后继，向外涌动，逐渐融化了积雪，显露出枝丫密布的洞口。头顶光环的人，变成一股猛烈的冷风，让阿伦一个激灵，从熟睡中坐立起来。他挪了挪身子，滚到身旁一块巨石的背后。阿伦心里暗自思忖，那人是不是来找我了。

噼里啪啦几声响，封闭洞口的树枝堆垮塌下来，堆成半人高。这样的响声不足以惊醒沉睡的族人，却能够引起阿伦的注意。他从巨石后面探头向洞口张望。突然，黑色的人形，一个个跳过树枝堆，向洞里走来。黑形人的长相和草原上的族人相似，看不出明显差别，只是穿着很奇异。整个身体被像蛇皮那么薄的、那么柔软的一层物质紧紧地包裹着。头顶光环的人，也是这样的装束。

接下来的一幕，让阿伦瑟瑟发抖。黑形人手里举起闪闪发亮的、薄薄的、弯弯的条状物体，像挥舞着一轮弯月，在空中划出一条弧线。弧线划过的尽头，族人的人头就和身体分开，滚落在一旁。

进展到一半时，剩下的族人们终于纷纷醒来。面对这些黑形人，渐渐聚拢在一起。年轻力壮的男人，在阿迪的带领下，手持着木棍，站在最外围。黑形人一共有十个，将他们逼到了洞穴的尽头。一个青年族人忍无可忍，怒吼着，猛地冲向其中一个黑形人。这个黑形人手中的"杀人弯月"划出几道闪光，青年族人便倒在血泊中，手里的木棒也折成两截。

一个个族人在惨叫声中相继倒在血泊里。在草原上，族群只有捕猎凶残猛兽的经验，却从来没有过人杀人的经历。面对黑形人，虽然人数上占据显著优势，但只是一群乌合之众，没有一点儿战斗力。

阿伦被眼前的景象吓傻了，待在巨石后面一动不动。当他看到父亲阿迪也倒在血泊中时，忍不住大声尖叫一声。这声尖叫混杂在惨叫声中，没有引起黑形人的注意。

黑形人相互之间娴熟地配合着，很快便将哈贾族人杀了一个精光。他们在洞里巡视一番，并没有发现巨石后躲藏的阿伦。一声响亮的哨声后，他们鱼贯而出，消失在茫茫的大雪之中。

过了好一会儿，篝火渐渐熄灭，阿伦这才缓过神来。他走出巨石，看着洞里一片血迹，忍不住放声大哭。在草原上，黑形人从来没有出现过。他们的语言也不是族群的语言。

草原上有很多族群，这些族群经常分分合合。有时一场围猎下来，就会丢失一些族人。而这些丢失的族人，当偶遇到另一支族群时，便会很自然地加入进去。像阿迪这样的头领如果突然死了，又没有可以接替他的人，整个族群就有可能四分五裂。他们会被来自四面八方的、偶遇到的其他族群所收容。

族群间的语言虽然有些差异，但因为这样的分分合合，也就

相融相通。最根本的原因是，他们的语言比较简单，还没有发展到可以互诉衷肠，或者引经据典，或者畅所欲言的复杂程度。这样，两个从未谋面的陌生族群偶遇在一起，配上肢体动作，双方交流起来没有障碍。

阿伦听见黑形人之间，一边在屠杀，一边在交流，感觉到他们的语言是如此陌生和新颖，心里很肯定他们绝不是来自草原。他们只有可能来自群山的深处。群山的深处还有世界吗？那儿的世界是怎么样的？阿伦长到25岁，从来没有听到长辈提起过夕阳西下的群山深处，还有另一个世界。

阿伦突然想起了父亲的隐忧。他们很可能就是族群减少的罪魁祸首。阿伦想到这儿，捡起一个大皮囊，赶紧收拾了一些食物，背在身上。乘着大雪还没能覆盖黑形人的足迹，追踪上他们。

这些人和头顶光环的人应该是一伙的。他们都穿着"蛇皮"，只是头顶光环的人，全身是白色的。无论是"蛇皮"，还是"杀人弯月"，阿伦从来没有见到过。它们来自哪里？跟踪这些黑形人，能找到头顶光环的白形人吗？

阿伦走出洞穴的时候，雪已经停下。循着依稀可见的足迹，他终于追上那一队黑形人。黑形人一直向西走，横穿了整个山区，到达海边。

族群的人们没有日期的概念，没有数字概念，也没有方向的概念。在阿伦眼里，只知道经历了很多个日升日落后，便会迎来春暖花开，这是新年的开始。阿伦并不知道，这趟跟踪足足花了一个多月的时间。

沿路上，他看见这些人会走进一些洞穴，在那儿停留一个日起日落。总有两三个黑形人原本就住在洞穴里，招待他们吃住。后来，这样的洞穴越来越大，里面住的人也越来越多。原先十个黑形人的队伍，也越来越长。到达海边沙滩时，已经是一片片人头攒动。

阿伦在翻过最后一个山头时，被眼前的景象震惊了。他站在山巅，向下看见一望无际的蓝色海洋，波涛翻滚，拍击山崖，发出"哗——哗——哗——"的响声。蓝色的天空和蓝色的海洋在尽头处连在一起。那就是世界的尽头吧，阿伦心里嘀咕着。

阿伦走下山，想躲在沙滩边一棵大树身后。脚下一踩着细软的白沙子，便让他重心不稳，急忙伸出手扶住树干。这沙滩也让他感到非常神奇，脚一用力，沙子就从脚趾缝里冒了出来，脚心感到微微有些痒。

此时，黑形人们登上了一个巨大的、像香蕉一样的物体里。阿伦不知道这是什么东西。它在海面上随着波浪轻轻摇晃着。沙滩上所有的黑形人登上"香蕉"后，一条粗粗的绳索被"香蕉"上的黑形人从海水里收上来。几根长长的木板从"香蕉"两侧伸出，木板的一头伸进海里。"香蕉"上竖立着一根高高的、粗粗的木棍。木棍上有一张巨大的、白色的"叶片"，这张"叶片"和黑形人身上的"蛇皮"，像是同一种东西做的。不一会儿，阿伦发现，巨大的"香蕉"便在海面上朝着世界的尽头缓缓地移动。

等巨大的"香蕉"越来越远，消失在海的尽头时，阿伦从树后走了出来，小心翼翼地踩着沙滩，来到海边。海浪涌上沙滩，浸没他的双脚，他闻到了一股海腥味。这是他从来没有闻到过的气味。他弯腰用双手捧起海水，海水变得透明。他在草原上捧起

河水，也是一样透明。海水像河水一样，从他的指缝间很快流走。他又捧起海水喝了一口，顿时感到有些苦涩，立即吐了出来。这远看是蓝色的水，其实并不好喝。

阿伦沿着海边走着，来到"香蕉"停泊过的地方。那儿除了黑形人在沙滩上留下的杂乱脚印，什么都没有。他用脚比了一下脚印，绝大部分比他的脚要小一点儿。他原本觉得这些黑形人很怪异，现在又觉得他们和他是同类人，只是比他要矮一些。

他漫无目的在这块有着杂乱无章脚印的沙滩地上走着。突然，脚下被沙子里的东西绊住了。他低头一看，一块黑色的东西露出沙滩。他用手拎起它，却是一大块黑色的、长条形的、柔软的东西。他把它放在沙滩上，耐心地看着，用手时不时地拨来拨去。他似乎有了主意，仔细地将缠扭在一起的部分慢慢展开。最后呈现在眼前的，是一个平面的人形，薄如蛇皮。

这不就是黑形人的装束吗？阿伦顿时兴奋起来。他脱下腰间兽皮，拿着这张黑色人形"蛇皮"，试着套在自己的身上。尝试了好多次，不是露出一条胳膊，就是露出一条腿。阿伦大汗淋漓，喘着粗气，没有找到正确的方法。他休息了一会儿，翻开皮囊，将剩下的两块腌干牛肉吃完。

阿伦感到又有了力气，再次试着穿上这张黑色人形的"蛇皮"。没有想到，这一次居然顺利地成功了。阿伦左顾右盼了一会儿，捡起地上的兽皮腰围和皮囊，向着山上跑去。不远处的半山腰，有一汪潭水，他要去那儿喝口水。

不一会儿，他来到潭水前，俯身大口喝着清甜的山泉。突然，他眼睛一亮，站起身来，紧盯着水面。水面的波纹扭曲着他的倒影。

当水面恢复平静时，他也是一个黑形人！

阿伦仔细地摸着这身装束，手感很奇异。"蛇皮"紧贴着他的身体。他用手指捏着"蛇皮"往外一拉，它先是变形，然后挣脱了自己的手，又恢复了原形，贴在他的皮肤上。

水面的倒影中又多出了几个黑形人。阿伦急忙转过身，看见眼前站立着五个黑形人。

"你站在这儿干吗呢？"

其中一个身材相对较高的黑形人打量着他。

阿伦惊呆了。这么近距离地面对黑形人，让他不知所措。

"走吧，又有一艘船来了，我们赶紧登船吧。"

另一个黑形人不知怎么地，已经在阿伦的身旁，拉了他一把，示意跟着他们走。

"他是哑巴吗？"

又一个黑形人嘀咕着。

阿伦听不懂他们的话，但是他知道，这些人和洞穴里杀死他族人的那十个黑形人，说的是同一种语言。

"可能吧。拉他一起走。"

那个在他身侧的黑形人，听从高个子黑形人的命令，抓住他的手，拉着他走起来。

阿伦紧张得要死。心里想着，他们不会杀了我吧。一行人向着山下走去，来到阿伦穿"蛇皮"的沙滩时，他突然明白了。这些黑形人把他当成了自己人，肯定不会杀死他。只要不讲话，他就不会暴露。

映入眼帘的是，又一艘巨大的"香蕉"停在海面上。沙滩上又聚集着好多黑形人。阿伦跟随着他们，一起登上了"香蕉"。
他好奇地观察着"香蕉"上的一切事物，感觉到"香蕉"在移动。

　　我这是要去世界的尽头吗？阿伦心里想着。

2.吉历公元 4031 年

"夏当终于安全了。"

当亚诺行星彻底毁灭的最后一丝光亮在黑暗的宇宙中湮灭时，离晴抬头看了看从驾驶舱天花板吊下来的显示屏。那上面显示的时间"吉历公元 4031 年 2 月 24 日"。接着，他扭头看向绮照。

而此时的绮照，突然感到整个宇宙里就剩下她一个人。在亚诺行星的日子里，居住在周围的人们像僵尸一般地活着。这样的生存环境带给她的孤独，也远远比不上此时此刻。她禁不住泪流满面。

"未来之耶，还能找到吗？"

绮照眼角的余光察觉离晴正扭头看她，连忙侧过脸，不想让他看到自己在流泪。

"在海底这么多年了。这都怪雷萨，让它变成单程旅行。"

离晴曾经拥有过本格拉城的魔方系统，知道未来之耶号太空飞船的有关情况。它是亚诺人飞往夏当行星的第一艘太空飞船。戴夫船长驾着它停在海边，最后被潮汐卷进了大海里。长期在亚诺生活的人，因为没有卫星，也就没有潮汐的概念。戴夫也不例外。出发前，魔方系统是知道的，但它没有提醒戴夫。这应该是联盟

最后一任主席雷萨的有意而为之。

"戴夫、哈娜等人不知道还在不在。"

"你开玩笑。戴夫当时在太空飞船上，它都沉入海底了，怎么可能还活着。"

一晃也有 28 年了。离晴摇了摇头。

"至于哈娜那帮人，可以再找一找。我们抵达时，让魔方系统做一次地质结构核磁共振扫描。"

径犹号穿梭机上的魔方系统，是本格拉城魔方系统的简装版。为了让绮照死了这条心，离晴让穿梭机进入夏当行星大气层后，便保持在 16500 米的海拔高度，环绕夏当行星飞行 20 圈，进行着全球扫描。

"它的子船被抛到高山平原上，应该不会被潮汐卷走呀。"

魔方系统没有异常报警音，这就意味着没有找到太空飞船。绮照有些不甘心，还想再来一次扫描。离晴觉得这是多此一举，没有理会绮照，直接降低飞行高度，放弃了寻找，让穿梭机在海面上飞行。

在 1500 米海拔高度上，他们飞行了有一会儿。离晴透过挡风玻璃看着正前方一望无际的海面，不知不觉发起愣来。

海天一色的天际线开始变粗，越来越粗。这一景象，是那么熟悉，让绮照不自觉地警惕起来。

"巨浪，巨浪……，潮汐，潮汐……，快，快，快！"

绮照突然伸手抓住离晴的胳膊，使劲地摇着。离晴这才醒过神来，连忙拉高穿梭机。刹那间，穿梭机穿透浪尖，逃脱了巨浪的吞噬。

"好险呀！真没想到，亚诺行星已经消失了大半年，夏当行星的巨浪仍然存在。这浪头的惯性真大，到现在还没有减弱。"

离晴下意识地擦了擦脸。尽管脸上没有一滴汗水，但他实在太紧张，总感觉汗水直流。

这次惊险过后，海面的无边无际让绮照又有了亚诺毁灭时的悲伤。不能再在海面上飞行了。大海的无边无际散发出一种孤寂，让人沉迷而不能自醒。

漫长的岁月很难消除潮汐季造成的劫难，破坏是持久的。夏当行星有六个大陆。四个在南半球，两个在北半球。南半球的四个大陆，都遭到潮汐季的破坏，自然生态几乎毁灭殆尽。北半球的两个大陆，就要幸运得多。

在北半球上，被亚诺人标注为 S 洲的大陆，有些类似亚诺行星的克特里洲，全是崇山峻岭，受到潮汐巨浪的破坏很轻微。被亚诺人标注为 A 洲的另一个大陆，中部是高山草原。高山草原的西边，群山阻挡住潮汐巨浪，将它完好无损地保存下来。在高山草原的东边，经过一片地势逐渐下降的盐碱地，便是无边无际的沙漠。这片沙漠一直再向东，延伸进海里。如果没有潮汐季带来的海水浸染，这块盐碱地和沙漠，原本也是一片生生不息的繁茂草原。

"你看那儿可以吗？"

终于看见前方海面上耸立的一座高山，绮照用手指了指。离晴没有开口回应，看了看电子地图，才知道这是来到了 S 洲。他专注地驾驶着径犹号穿梭机，稳稳地降落在绮照指定的地方。

离晴和绮照此时此刻长长地舒了一口气。他俩从舱窗往外看

去，眼前山峦叠翠，壑谷青林，一派远古而又原始的景象。

"按照魔方系统的说法，我俩出去会很危险，容易感染这儿的病毒。"

魔方系统告诉离晴，哈娜等人有95%的可能，死于各种致命性病毒感染。

"我们离开这儿，去太空岛不好吗？"

沐重和迪奥，还有流雄、胜影等人，都在太空岛。大家在一起，彼此有照应。联合他们一起来开拓夏当行星，那一定安全得多。眼前的景象虽然很秀美，却让绮照本能地害怕起来。

"太空岛不会长久。夏当才是他们的归宿。"

离晴猜透了绮照的心思。太空岛上有沐重，绮照喜欢他。还有迪奥，那是她爷爷。太空岛自然是她最好的选择。离晴就想独自拥有绮照，夏当行星除了他俩，没有别人，自然是最好的选择。去太空岛是万万不可能的。

只有离晴才能驾驶径犹号穿梭机。绮照除了劝说离晴外，也别无他法。绮照无可奈何，只能陪着离晴待在穿梭机里。

一晃过去了两年多。他俩待在穿梭机里百无聊赖，能够做的事情就是遥控无人机，察看夏当行星上的地理风貌。

"沐重怎么还没来？"

这天，离晴看着绮照，回想着这两年绮照对他不冷不热，便有了刺痛一下绮照的心思。如果沐重爱绮照，早应该来了。现在还没来，分明就是绮照的一厢情愿。

"这些克特里人，老是躺在我们下面，也不是办法。"

绮照表面上不动声色，内心确实被深深地刺痛了。她原本想对离晴说，他在等着我去太空岛。但转念之间，觉得这样的相互伤害，很没有意思，于是便转移了话题。

"我都计划好了，让他们当小白鼠。"

离晴在显示屏上调出下面客舱里的画面。那儿有三层，每层都是一排排休眠舱。休眠舱的玻璃封盖里透出绿色亮光，代表着有一个克特里人躺在里面休眠。客舱里有近一万个绿色亮光，也就意味着有近一万名克特里人在休眠。

"别想太空岛了。还是专心做一做动物实验。"

"你这是想干什么？"

绮照没有理会离晴挪揄的口吻。听到"动物实验"，她心头升起不祥的预感。

"我们是特梅尔人。克特里人比我们低等。"

离晴轻蔑地笑了笑。

从外表来看，克特里人和特梅尔人分不出差别，甚至在亚诺行星的联盟时代，克特里人被作为少数民族对待。但是特梅尔人的心里都知道，只是不说而已。克特里人与特梅尔人虽然都是亚诺黎猿，但根本就不是同一种人。

亚诺的人类学家研究表明，两个人种最大的差别就在于智力。克特里人的智力不会超过特梅尔人八岁孩童的水平。

支持两者有差别的，还有解剖学家。他们通过大量的解剖案例，虽然认可特梅尔人和克特里人几乎一模一样，但是他们也坚持认为，这两类人在脊柱尾椎骨上会有些差别。有些克特里人脊柱尾椎会微微凸起。如果用手去摸，有一部分克特里人可以摸得到凸起。这种情况因人而异。

人类学家觉得解剖学家的观点可以用来支持他们的观点。部分克特里人的脊柱尾椎骨是凸的，说明他们进化不完全，还有尾巴残留。克特里人的进化程度显然是落后于特梅尔人的。由此可见，他们只有八岁孩童的智力，也在情理之中。

历史学家也支持人类学家的观点。他们认为，在亚诺文明中，克特里人在整个亚诺社会发展历程中没有做出值得一提的贡献。在社会文明方面，没有过辉煌时期，没有出现过先进的文明形态。在社会制度方面，一直是落后的部落制度。在著名人物方面，从古到今，没有响当当的文学家、数学家、天文学家、历史学家……这也暗示着，克特里人的智力水平确实欠缺。

"那也不能拿他们当动物。"

绮照也知道克特里人不聪明，但他们毕竟是活生生的人。

"你想想，他们在基因层面上，和我们非常相似。用他们做实验，得出的结论更令人信服。"

"你这是拿八岁小孩做实验！"

绮照愈发觉得恶心。这太有违伦理了。

"他们和我们如此相似，让他们去外面生存，就相当于我们在外面生存。看一看他们感染病毒的情况，这有什么不可。"

"你这样做，良心上过得去吗？你这是让他们送死！"

亚诺行星即将毁灭的时候，离晴让胜影离开了径犹号穿梭机。绮照曾经反对离晴这样做。胜影是这些克特里人的领袖。这些克特里人，没有了胜影的领导，只怕更难在夏当行星上生存。

"迂腐！唤醒！"

离晴一把推开了拦在身前的绮照。魔方系统应声启动唤醒程序。一部分休眠舱翻开透明封盖，克特里人赤裸着身体苏醒过来。在提示音的引导下，他们沐浴、穿衣、进食，随后走进了山林。

离晴每一批释放 100 个克特里人。无一例外，每一批克特里人，全都病死在远古而又原始的山林里。

所有走出径犹号穿梭机的克特里人，离晴不允许他们再回到穿梭机里。要是带回无法防治的病毒，那会导致整个穿梭机被感染。即便他们生病了，也只是眼睁睁地看着他们痛苦地在外死去。

"求求你，别再继续了！"

绮照看到屏幕上最后一个信号点消失，意识到走出穿梭机的第 6 批克特里人全部死亡。一个信号点代表一个克特里人。最后一个克特里人距离径犹号穿梭机仅有 60 千米。穿梭机一直检测不到他手腕上生命特征向量器发出的信号。这么近的距离，不可能收不到信号。绮照知道，他死前一定是全身皮肤溃烂，死去时一定是痛苦万分。

"妇人之仁！你难道不明白吗？克特里人感染病毒、生病死亡的过程，也是改造病毒的过程。你等着瞧吧！他们会活下来的。"

离晴凶狠地看着绮照，让她心里不禁有了一些恐惧。

离晴说的也有道理。从目前的实验数据来看，克特里人似乎渐渐适应夏当行星的生存环境。他们的存活时间在延长。这说明病毒的毒性在减弱。

总有那么少数的克特里人，在最后要断气的时候，又活过来。当实验进行到第 9 批次时，这样的事情终于发生了。自此之后，仿佛病毒被克特里人驯化了一般，越来越多的克特里人病后痊愈。

"现在有 7600 个克特里人。"

绮照隔着中央控制室的玻璃窗，望着山坡上走出的最后一批克特里人。

"扣除老人，有生育能力的，一共有多少？"

"4700个左右。"

绮照瞟了一眼电脑屏幕，扭转身体，双眼死死地盯着面前的离晴。

"理论上，这个数量规模，可以保证克特里人种群延续。"

残忍的"动物实验"，让克特里人最终成功地走进原始山林里，在饥饿、疾病与寒冷中繁衍生息。离晴很不解绮照为什么这么看着他。

"你很得意吗？你不怕克特里人报复吗？"

"八岁小孩的智力。他们会忘记的。"

离晴嘴上这么说，内心里却有些害怕。

离晴使用无人机，在附近的山崖上找到一个大小合适的洞穴。他一边将径犹号穿梭机开进洞里，一边在心里嘀咕着。

看到克特里人能够在外生存，绮照说不定会跑出穿梭机，离开他。日子过得越久，太空岛上的沐重，就越有可能前来夏当行星，不能让他找到绮照。绮照说的对，还要防范克特里人来报复。特别是第9批至第12批的克特里人，他们可是经历了起死回生的折磨，也看到同胞们的惨死。

最后一批克特里人还没走远，仍在山下生活。他们有时实在弄不到食物，就会请求穿梭机上的离晴。或多或少，他们总可以得到他的食物救济，不至于饿死。

离晴这是故意有恩于他们。这些克特里人也就很乐意按照他的要求，用树枝仔细地将洞口伪装起来，从外面看上去好像什么都没有。当洞口封好时，径犹号穿梭机成了他的隐秘城堡，他终于感到舒心和安全。

"我们不出去了吗？"

绮照幽幽地问道。

"外面还很危险。实验还没结束。让我们看看土著人的表现。"

离晴看着屏幕，那里面出现了土著人在山林间生活的情景。克特里人要想枝繁叶茂，土著人是一个严重的威胁。

"你就那么喜欢杀戮吗？"

绮照很担心，这些刚刚在S洲立足的克特里人，会被土著人统统杀光。

克特里人来自亚诺社会，走出穿梭机时，都有现代化装备。这是他们的优势。但是他们确实不聪明，在新的环境下，不一定能够充分利用自己的优势。

"克特里人能在亚诺上生存，也能在这儿生存。你别啰嗦了，我们等着瞧。"

离晴很不耐烦。

按照物竞天择的说法，克特里人只有八岁孩童的智力，在亚诺行星上，早就应该被特梅尔人灭绝。但是很奇特的是，克特里人却能够在特梅尔人快速崛起之后，仍能跟上时代的步伐，融入他们的社会，实现种群稳定延续。他们的生存能力其实很强大。

人类学家和历史学家同时指出，究其原因，得益于克特里人的领袖。研究发现，历任领袖，就像胜影那样，都是克特里人中最聪明的人。即便放在特梅尔人中，也丝毫不逊色。只是出现的

概率不高，大约仅有十万分之一。一山难容二虎，聪明人少，也不一定就是坏事。

在亚诺行星上，所有的克特里人都会由衷地崇拜像胜影这样的聪明人，不会心生嫉妒，只会紧紧团结在他的周围。这就像父亲始终是八岁孩童们心目中的神。

如果大家拧成一股绳，再加上一个极聪明的领袖，整个种群往往会显示出强大的力量。以至于在联盟时代，他们也被尊敬地当成一个少数民族，而不是当成低等人种来对待。

克特里人来到 S 洲后，没有胜影的领导，立刻变得四分五裂。他们在野外求生的过程中，逐渐分散成以家庭为单位的群体。这一个个群体在林间游荡，寻找食物。基于繁衍的本能，也在寻找异性。

正如离晴所预料的，这些克特里人，在 S 洲的山林间发现了相当规模的土著人。

他们之间唯一的区别就是装束。如果这些来自亚诺行星的克特里人脱去衣服，就和土著人一模一样。

在开始的时候，双方还能相安无事。迎面碰上后，只是警惕地注视对方，然后各走各的路。

在偶然的机会里，某个克特里人家庭里强壮而又性欲旺盛的男人，遇到身材丰腴、年轻貌美的土著女人，自然就会垂涎欲滴。他会鼓动整个家庭的力量，想尽一切办法将她捕获，强行占有她。完事之后，还不愿意放她，将她捆绑着，带着她一起生活。

这样生活一段时间，这个克特里人家庭惊奇地发现，捕获的女人怀孕了。接下来，女人顺利生产。生下的孩子也没有差别。

这样的事情，一传十，十传百，竟然让很多家庭开始效仿。

时间一长，他们又发现，土著女人有着旺盛的生育力，能够一胎接着一胎地生产。最后，他们还发现，这些孩子在成长的过程中很少生病。这一点太重要了。这意味着他们的后代再也不用害怕夏当上的病毒了。

这些经验迅速地在克特里人中传播，以至于所有家庭的首要任务不再是防止病毒感染和减轻疾病带来的痛苦，也不是寻找食物，而是一门心思地猎杀土著男人，捕获年轻女人。

最后，零零星星的捕猎活动终于演变成了大规模的集体活动。克特里人就像捕猎野兽一样，追踪，埋伏，合围，杀戮，抓捕，将年轻的女人留下，其他人统统杀掉，然后将他们的粮食和物品占为己有。

这种捕猎建立起来的恐怖与血腥，在土著人群中蔓延，让年轻体壮、血气方刚的男人失去斗志，不再激烈反抗。到了后来，克特里人不再杀掉年轻男人，而是让他们像牛马一样老老实实干活儿。家庭里的克特里女人也会占有这些年轻男人，也同样不可避免地怀孕生子。

从第一批克特里人走出径犹号穿梭机算起，在经历 300 多年的演进后，克特里人终于在 S 洲上深深地扎下根。他们的人口已经发展到 10 万多人。

在整个 S 洲大陆上，已经没有了纯粹的土著人。同样，也没有纯粹的亚诺克特里人。但是，生活在 S 洲上的所有克特里人已经忘掉掳掠土著女人的历史，坚信自己就是纯粹的、来自亚诺行星上的克特里人。

3. 吉历公元 4003 年

在未来之耶号太空飞船降落的整个过程中，哈娜等 38 人都待在各自的内舱房里，屏住呼吸，感受着飞船冲击大气层带来的颤振。虽然并不担心会有事故，但是仍然有些紧张。

好在时间并不长，飞船便平稳下来，缓缓地落在地面上。静静地等待了半个多小时，大家实在忍不住，纷纷打开内舱房门，走进过道里。

起居舱的顶头是餐厅，餐厅门正对着过道。过道两边是一间间内舱房。过道的尽头就是起居舱门。哈娜等人在整个航行期间，一直待在内舱房里休眠。在降落前一会儿，他们才苏醒过来。

大家一个接着一个，沿着过道走进餐厅里，在餐桌前坐下。时间一分一秒地流逝，大家脸上渐渐挂满了疑惑。

"戴夫船长怎么还不来？"

威廉不耐烦地开了口。

"也不和我们通话。"

沙玛看了一眼墙壁上的喇叭铁网罩。

起居舱里仍是死一般沉寂。大家脸上的疑惑变成了不安。按理说，戴夫船长这个时候应该过来打开起居舱门，带着他们走出未来之耶号太空飞船，踏上伽玛格行星。不亲自过来也行，那也应该语音通知他们。这些都没有，不知道为什么。

"我去打开起居舱门。"

克努斯忍不住起身向餐厅门口走去。他想出去看看究竟是怎么回事。

"克努斯，等一下。"

考伯特连忙制止。

"伽玛格行星究竟是什么样的，我们一点儿也不清楚。"

莫妮卡也赞同不忙着打开起居舱门。起居舱像银行金库一样密闭，外面是什么情况，啥也看不到。

"是的。外面的世界可能会充满危险。"

哈娜的话一出口，突然想起在喀尔斯岛上的情景。那是雷萨流放她的第二天，也是在餐厅里。此时此刻的情景和那个时候太相似了。哈娜不由得心里一哆嗦。

"你们有什么好担忧的。戴夫船长不是说伽玛格行星适合我们居住吗？"

司徒大副显得有些焦虑。

"他有可能骗了我们。"

考伯特神色很凝重。

"不可能！"

克努斯和司徒大副异口同声。戴夫船长是他俩多年的老朋友，他俩很信任他。

"我总觉得餐厅有些不对劲。"

这是沙玛的一种直觉。整个餐厅的中间是两张长方形餐桌。

餐厅四周沿着墙壁安装着一排厨房地柜。整个布置是典型的西式餐厨一体化风格。大家看不出有什么不妥。

"让我想想。"

当大家都用问询的目光看着沙玛时,她又有些不知所措。

"不是餐厅本身的问题。这儿为什么会有餐厅?"

哈娜的这句问话,点醒了大家。在整个旅行期间大家都在休眠,不可能在这儿进食。设置一个餐厅,看似很正常,仔细想想,又觉得很突兀。

"航行时间也不对。"

考伯特低头看着手腕上的表。这是桑托斯一到喀尔斯岛时,交给考伯特的潜水表。

"到伽玛格行星,应该需要一年半的时间。我们实际航行时间只有七个月。"

"考伯特,你的意思……,这儿不是伽玛格行星?"

一位联盟警察说道。

"会是哪儿?"

一位沙音号渔船的船员接着问道。

"也许是夏当行星。"

考伯特视线离开潜水表,抬头看着大家。

"如果按航行时间算,到达夏当行星,七个月是合理的。我的这块潜水表里还有一个加速度计。我仔细看了看加速度的数据。这儿的重力加速度是 g,和夏当行星上的重力加速度相同。虽然亚诺行星的加速度也是 g,不过我想,这儿是亚诺行星的可能性不大。未来之耶号太空飞船没必要航行七个月又回到亚诺行星。

如果真是回到亚诺行星,我们早就被雷萨控制起来了。"

考伯特的这番话,让大部分人都相信这儿确实是夏当行星。

"戴夫船长跑到这儿来干吗?夏当行星要和亚诺行星相撞,也会毁灭。他何必跑到这儿等死。那还不如就在亚诺上待着。"

司徒大副对考伯特的话不屑一顾。

"戴夫现在没和我们在一起。"

考伯特一说完这话,大家炸开了锅,七嘴八舌。

"是呀。他说不定丢下我们,去了伽玛格。"

"他根本没和我们一起出发。"

"到现在都没他的身影,确实有可能他不在这儿。"

……

"大家安静,听考伯特说。"

哈娜看见考伯特欲言又止的样子,知道他这么说一定有他的道理。

"戴夫船长确实和我们一起出发。未来之耶号太空飞船必须要有人,至少需要一个五人以上的团队才能让它星际航行。这一点毋庸置疑。我的潜水表里还有速度计。从速度方面的数据可知,我们下降前,速度突然降低,又突然升高,接着慢慢减速,直到为零。我怀疑,起居舱和未来之耶号太空飞船一定是分离了。只有分离,才会有这样的速度变化。如果没有分离……"

"按你这么说,那起居舱岂不是有自己的点火、控制和燃料系统?它难道是一个飞行器?"

蒂姆打断考伯特的话,提出了质疑。大家也觉得这不太可能。作为一个飞行器,最起码要有驾驶舱。这儿除了餐厅和内舱房,

哪来的驾驶舱。

"等等！蒂姆说的对。这就是一个飞行器。只不过驾驶舱嘛……，说不定这个餐厅就是驾驶舱。"

哈娜提出了一个大胆的假设。

"太空飞行器的舱壁都会安装一些电子设备、阀门、管道或者开关等部件。我们把贴着墙壁的这些柜子都拆掉。如果它是驾驶舱，这些部件就会显现出来。"

正如考伯特所说的那样，当餐厅的橱柜拆除后，显露出来的舱壁上确实安装有一些设备、管线和开关等。大家索性一起动手，将墙壁上的装饰木板全都拆除下来。此时，一个完整的驾驶舱显露出来。

"为什么要这样伪装？"

威廉一脸的疑惑。

"这个起居舱，准确地说，就是未来之耶号太空飞船的子船。说是前往伽玛格行星，其实是夏当行星。戴夫船长真的欺骗了我们。他让子船与母船分离，把我们丢在这儿，自己回到亚诺行星。我们再次被雷萨流放了。"

哈娜的眼中燃烧着愤怒。

"将我们流放到夏当行星，确实是一劳永逸的好办法，再也不用担心我们会泄露他的秘密。"

"他肯定是临时将这个子船伪装成了起居舱。"

"是的。我们一直以为起居舱是未来之耶号太空飞船不可分割的一部分。"

"也可以防范我们，万一识破戴夫的谎言，会驾驶子船返回亚诺行星。"

……

大家七嘴八舌地议论，还原出这趟航行的真相。

"这是位置共享仪！"

蒂姆盯着舱壁上的一个显示屏看了好一会儿，突然激动地大喊起来，吸引了所有人的目光。

"它，它，它……"

蒂姆太激动了，指着位置共享仪，一时半会说不出话来。

"别着急，慢慢说。"

哈娜沉稳的语气，就像一针镇静剂，让蒂姆平静下来。

"戴夫还在夏当上，他离我们有 3000 多千米远。"

共享位置仪上有一个小点点不停地闪烁着。蒂姆认定这个点就是未来之耶号太空飞船降落的地点。

"我们在平原，他们在海边，中间隔着 1000 多千米的山区和 2000 多千米的平原。"

考伯特也是行家。他凑过去研究了一会儿位置共享仪，做出进一步说明。太空飞船和起居舱，就是母子船。在设计之初，必然会考虑它俩分离后的位置关系。母船要知道子船的位置，子船也要知道母船的位置。起居舱有位置共享仪，也是很自然的事情。

"太好了！我非要找到他不可，一定要问问他，为什么要骗我们！"

"你说到我心坎里了。"

司徒大副和克努斯的想法一样。这个疙瘩不解，他们始终不甘心。

"要去找他们，必须徒步去。燃料不够，我们飞不过去。"

莫妮卡围着餐厅四周转了一圈，对这个驾驶舱已经有了相当的了解。

"未来之耶号太空飞船为什么停在那儿？戴夫干吗不回亚诺？他的太空飞船出了问题吗？"

蒂姆说出了大家共同的疑惑。

"能飞多远就飞多远。只有找到他，才能知道原因。"

哈娜下达了命令。

很快，起居舱再腾空而起，在蒂姆、考伯特、莫妮卡的努力下，大约飞行了一半的航程。在燃料即将耗尽时，不得不再次着陆。

"试着和未来之耶号……"

"没用！我一直在联系戴夫，差不多有1个小时了。那边没有反应。"

莫妮卡打断哈娜的命令。

戴夫船长确实让未来之耶号太空飞船分离了它的子船——装有哈娜等38人的起居舱。哈娜等人被投放的地方，正是哈贾族人在春夏秋3个季节里赖以生活的A洲大草原。接着，未来之耶号太空飞船降落在这片大陆最西面的海边。隔着1000多千米的群山和2000多千米的草原，戴夫很放心，他们绝不可能找到这儿来。

子母船分离后，船员们发现太空飞船没法呼叫亚诺行星，导航仪也莫名其妙地短路烧毁。更深入的检查发现，燃料的读数也做了假，实际可用量所剩不多。当初点火升空时，灌注的燃料实际上只够单程航行。在这种情况下，未来之耶号太空飞船不可能返回亚诺行星。

戴夫心里很清楚，这是雷萨的谋算。他和船员们也一同被流放了。为了促成这次流放，他甚至利用了女儿寒凝的爱情，也牺牲了她的幸福。看着这些无辜的随行船员，他不敢说出真相，害怕这些船员知道后，会在绝望中迁怒于他，加害于他。

船员向他报告，共享位置仪显示，投放的起居舱正在发生位置改变，向着这儿移动，预计 3 个小时到达。戴夫深深地叹了口气。那帮不安分的人，一定发现起居舱是未来之耶号太空飞船的子船，一定知道它的餐厅是驾驶舱改装的，也一定知道他的位置。他们这是来找他要说法，要解释的。

如果这两支队伍相遇，这儿的船员就会知道真相，那他就会成为众矢之的。对他们来说，他虽然没有欺骗此次航行的目的地，但是他隐瞒了哈娜等人被流放的真相，隐瞒了孪星相撞的真相。这两拨人都不会放过他。

戴夫想到这儿，在仅能船长登录的控制系统中，关闭了联系子船的通信频道。哈娜他们最多只能飞行一半的路程，剩下的1500 多千米，其中 1000 多千米是山路。他们要来，最后也不得不步行而来。一路顺利，也需要 4 个多月。这期间，他们会遭遇到意料不到的危险。他们一定会死在路上。

"我们需要打开它吗？"

克努斯指了指子船舱门旁边的红色按钮。按下它，舱门就会打开。

"我们出去，会很危险。在夏当上，我们就是外星球来的新物种。极有可能感染它的病毒而毫无抵抗力。那样我们都会死。"

桑托斯是学生物的。克努斯是动物保护爱好者，也了解一些生物学方面的知识。他对桑托斯的话，点头表示赞许。

"必须打开舱门。我们终究要出去的。"

哈娜果断地做出决定。

子船舱门应声打开。吉瑟恒星此时即将没入地平线。它的余晖穿过子船舱门，直直地投射在过道上，一望无际的大草原展现在大家的眼前。虽然这番景象在亚诺行星上经常看到，是那么熟悉，但是大家依然被震撼得说不出话来。

这儿确实是夏当行星，不是伽玛格行星。

大家又陷于长时间沉默。下一步该怎么办？子舱里也肯定不能多待。餐厅里的水和食物，充其量也只能坚持一天。之后大家就会饿肚子。等饿到一定程度，必定还得出去，走进外面的大草原。那儿肯定有动物，有果实，有水。夏当和亚诺，50 年之内必定相撞，两颗星球都要毁灭。大家终究难免一死，只是努力多活一天，是求生的本能。

正如戴夫所料，哈娜他们不得不走出子船，开始向西边的群山走去。大家心里都明白，不是不能联系戴夫，极有可能是他不愿联系。他一定是无法面对大家而拒绝碰面。这再次说明，他确实是欺骗了大家。

太空飞船的船员们也有可能受到戴夫的蒙蔽。无论如何，都要找到未来之耶号太空飞船。向他们说出这趟航行的真相，也许就能打动他们，得到他们的帮助。

用了近一个月的时间，哈娜等人终于走完500多千米的草原，进入群山。此时38人的队伍，已有8人感染病毒死在草原上。很不幸，这死去的人中就有考伯特。

考伯特临死前将潜水表摘下来，戴在哈娜手腕上。那上面有电子罗盘，可以指引他们找到未来之耶号太空飞船。

看着他死去而自己无能为力，哈娜心如刀绞。她深爱着他。从喀尔斯岛到现在，考伯特一直都是哈娜坚持下来的支柱，也一直是整支流放队伍的支柱。

在夏当行星上生存的严酷性远远超过大家的想象，特别是在进入群山之后，队伍中感染的人数越来越多，最后无人能够幸免。夏当是原始的，没有人工修筑的山路。大家只能拖着病体艰难地攀爬跋涉。死亡就像影子一样，一直伴随着大家。蒂姆死了，接着是威廉、沙玛、司徒大副、克努斯、莫妮卡，还有那些船员和警察，最后只剩下哈娜和桑托斯。

"一定要将它交给戴夫！"

哈娜已经生命垂危，不得不躺在一块岩石上，费尽最后一丝气力，摘下潜水表替桑托斯戴上。

桑托斯不停地流着泪，看着哈娜缓缓地闭上了眼睛。

他心里很清楚哈娜这句话的含义。这块表是当年他在沙音号渔船上时，戴夫送给他的。哈娜让他交给戴夫，就是鼓励他一定要找到未来之耶号太空飞船，这样才能活下去。只要桑托斯啥都不说，戴夫还是有可能收留他的，就像当年收留他在沙音号渔船上一样。

桑托斯继续朝着西面攀山越岭。他也感染病毒，病情也越来

越重，不停地咳嗽、发寒。他的体力也越来越虚弱，只能趴在地上艰难地爬行。他想爬进前面10米远的洞穴里，但是最终还是晕了过去。此时，山里第一场大雪降临。鹅毛大雪在他的身上堆积，不一会儿就将他完全覆盖，只露出一缕金色的头发。

当桑托斯再睁开眼睛时，发觉自己在一个洞穴的深处。近旁的篝火似明似暗地跳跃着，晃动着岩壁上的人影。一位年老的女人和一位年轻的女人，腰间围着兽皮，上身和四肢都是裸露的，坐在他的身边。

他感到并不陌生，甚至有些亲切。在草原行走的那一个月里，他通过望远镜，就曾看到过三四拨这样装束的人群。为了减少节外生枝，哈娜选择了回避。

他强迫自己，艰难地吃着他们的坚果，吃着他们的腌干兽肉禽肉鱼肉。他需要恢复健康，没有营养，就没有抵抗力。在经历反复的昏迷、发寒、流汗、惊厥后，他终于痊愈。

当他第一次站立起来时，这才发现自己腰间仅仅围着一张兽皮。他的一身行头已被洞中这些原始人拿去。他们的好奇心，让他的行头和装备被撕扯得面目全非、七零八落。他看看手腕，潜水表也不见了。

其他东西没有了，桑托斯都不心痛，唯独这只手表。他在洞里和所有人比画着，问他们这个块表去哪儿了。可是这些人咿呀咿呀的话语，让他不知所云。

漫长的冬天终于过去。原始人从洞穴里走出来，开始向着草原的方向进发。桑托斯和他们相处一整个冬天，也能心领神会般地明白他们的一些意思。他打着手势，比画着自己要离开他们继续向西边进发。

这群原始人的首领边比画，边咿呀咿呀地说着话语。首领的意思他也知道个大概。往西边走得越深，越容易迷失在深山中，永远出不来，这就是死路一条。他们之所以进山，只是为了待在洞穴里，躲避严寒。但是从不敢进入山区太深，离草原太远。

见桑托斯还想脱离他们，首领懒得边说边比画，直接用牛皮筋将他的双手绑着，由那个生病期间照顾他饮食的女孩牵着，向着草原走去。当走到草原深处时，女孩便为他松绑，让他跟着自己采摘果实，或者让他跟着男人们围猎野兽。他知道，此生再也无法回到未来之耶号太空飞船了，更不可能回到亚诺行星了。

那个照顾他的土著女孩曾主动向他求爱，也不限于她，还有族群里的其他女孩，但都被他一一拒绝了。他无法告诉这些原始人，世界末日正在逼近。他不想让自己的后代也要承担这种等待世界末日的痛苦。

亚诺和夏当这对孪星接近时，引力的作用让它俩同时进入潮汐季。夏当行星上也是巨浪滔天，生态环境也遭受着严重破坏。潮汐季带来的直接破坏以及引发的次生灾害，一年比一年严重。原始族群的族人们都在惊慌失措向天祈祷的时候，桑托斯却心静如水，一心等待着彻底的毁灭。

亚诺行星毁灭的那一刻，也正是潮汐季即将来临的时节。尽管夏当行星看上去和往年这个时候没有异样，巨浪在海面上涌现，但是桑托斯内心有了波动。他敏锐地察觉到，夏当行星陡然地变得安静了。

桑托斯开始盯着夜空观察星象。在往年，每当潮汐季来临时节，亚诺行星能够肉眼可见，并且一天比一天大，也一天比一天耀眼。最大最耀眼的时候，像罗马斗兽场一般悬挂在头顶上，照得夜空如同白昼。

然而今年的潮汐季节，巨浪仍然一波接着一波地涌上大陆，但是夜幕之下，始终闪耀着阿维罗卫星，闪耀着璀璨的银河，迟迟不见一天天变大的亚诺行星。

桑托斯强压着内心的激动，耐着性子度日如年，一直等到潮汐季过去。他变得欣喜若狂，在草原上奔走相告：亚诺行星消失了！夏当行星得救了！他告诉族人们，眼前的巨浪滔天，已不是潮汐，只是海浪的惯性使然。它一定会逐渐减弱直至平息。

桑托斯突然意识到，自己就是夏当上唯一的亚诺人，甚至是宇宙间唯一的亚诺人。戴夫船长肯定早就离开了夏当行星。他是联盟主席雷萨手下的警长，完成哈娜等人的流放任务，就会返回亚诺行星。即便是未来之耶号太空飞船坏了，不得不停留一段时间，雷萨也会派人来救他们的。此时此刻的他并不知道，离晴和绮照正在 16500 米的高空上，从他的头顶飞过。

亚诺人不能因为自己的终结而终结。桑托斯焕发出繁衍后代的原始本能。他还年轻，一定要有许多的后代，让夏当行星上遍布亚诺人，具体地说，遍布亚诺特梅尔人。

亚诺人的平均寿命 120 岁。桑托斯不太准确地记得自己在夏当行星上生活了多少年，也就无法确切地知道自己的年龄。他估计，自己的年龄在 60 岁以内。这个年龄段，对于亚诺人来说，正是繁衍后代的最佳时期。

　　原始族群的族人们，寿命一般不会超过 40 岁。在族群里，他的长寿和见识，赢得了族人们普遍的尊重。人们将他当作神，听从他的差遣。他可以为所欲为，想要哪个女人就可以得到哪个女人。当年那个照顾他的女孩，她的孙女此时也有 15 岁了，正是育龄时期。他选择和她繁衍后代，以了却当年她的奶奶对他的求爱。

　　在第一次交合的那个晚上，他将她翻转身子，趴在干草堆积起来的垛子上。他用手摸了摸她的脊柱尾骨。是平的，不是凸的，身下的女孩很有可能是特梅尔人。桑托斯顿时有了继续下去的兴趣。如果是克特里人，今晚的冲动就没有必要继续进行。

　　亚诺黎猿有特梅尔人种和克特里人种。桑托斯曾是塞勒斯大学生物系的大学生。他知道，这两个人种之间产生的后代没有生育能力，就像驴和马生出没有生育能力的骡子一样。特梅尔人和克特里人之间，生出来的孩子不能繁衍后代。

　　女孩很快就怀孕了，这让他非常期待。终于盼来孩子落地，发现不是"骡子"，他顿时喜极而泣。草原上的族群真的是特梅尔人种。

　　为了有更多的后代，他很想同时和很多个女人保持关系。尽管将他当作神，奈何族群的女人们本能地就是不愿意屈从。只要他和某个女人在一起，其他的女人就会躲他远远的，变得十分冷漠。男人们也是本能地保护着这些女人，不让他同时占有两个女人。族人们对他们的神感到困惑，自从有了第一个孩子后，桑托斯好像变了一个人似的，成了滥情的种猪。

　　桑托斯没有办法，为了尽可能多地繁衍后代，只要自己的女

人怀上孕，便将她送给偶遇到的族群。他便可以恢复单身，抓紧时间，爱上另一个女人，并努力让她怀孕。

10多年过去了，依靠这样的方式，繁衍的效率显然不高。生下来的孩子，没有桑托斯期望的那么多。桑托斯来到夏当行星后就曾大病一场，又在原始社会生活了40多年。没有良好的生活环境，人的基因再好，健康状况也会大打折扣。桑托斯70多岁时，身体状况已经不允许他继续繁衍。

在90岁左右的时候，桑托斯感到大限来临。他艰难地来到当年起居舱最后降落的地点。随着族群在草原上游荡这么多年，他曾4次经过这里，却不能肯定这儿真有起居舱。

草原西边群山上无数条山涧溪流，逐渐汇集，肆意奔涌，来到大草原上，形成一条条蜿蜒曲折的河流。河道每年都在改变。在某一年里，河道弯弯绕绕，正好途经起居舱，让它浸泡在河水里。河水经年累月地冲刷着起居舱，逐渐将它推移、将它腐蚀、将它解体。河水不断地冲刷河道，也将它下面的土壤掏空，让它渐渐地下沉，被水淹没，直至被淤泥埋葬。在潮汐季开始制造灾难那一年，他第三次经过那儿，已经看不到起居舱的踪影。

他坐在河道边，目光开始散淡，神情悠悠地回顾着过去。他有30多个孩子。他们都健康长大成人。他们的后代又有后代。这些后代们随着部落的游荡，已经不知道散落到哪里。如果这些后代们来到他的面前，他唯一可以辨识的，就是他们的身高。

无论是在亚诺行星上，还是在夏当行星上，也不管是特梅尔人，还是克特里人，大家的平均身高都在1.5米。然而桑托斯的这些孩子，不管男女，成年后的身高都是1.7米以上。

这是一种杂交优势，一种能在后代中持续保持的杂交优势。他还曾见到他的某一个孙女，在 13 岁时，已是大高个，在族群里显得鹤立鸡群。

不管未来如何，亚诺特梅尔人算是在夏当 A 洲的草原上生存下来。桑托斯想到这儿，慢慢躺下身子，微笑着与世长辞，结束了这孤独的一生。在他死的最后一刹那，脑海里浮现出戴夫邀请他登上沙音号渔船的情景。

戴夫船长如愿地没有见到哈娜、桑托斯、克努斯、司徒大副，没有见到他在沙音号渔船上的船员们，没有见到被他投放在草原上的 38 个人。

夏当行星是原始星球，还没有人造卫星，唯一的卫星就是那个不知道从哪儿来的，突然冒出来的阿维罗卫星。如果不是它，孪星也不会有碰撞的命运。

自从哈娜他们离开起居舱开始徒步时，戴夫没有人造卫星可以利用，也就无法知道他们的确切位置。他也不能和雷萨联系，但是可以收到来自亚诺的信息。当然，这些信息也是雷萨有意发布的。

雷萨让戴夫知晓，两个月的工夫，哈娜等人果真都病死在夏当上。这让戴夫和他的船员感到恐惧。他们彻底打消了念头，自始至终都不敢走出未来之耶号太空飞船。这也给他们带来期盼。雷萨一定是派遣飞行器来侦测过。不久的将来，肯定会派遣人来救他们。

太空飞船可以让他们生存 3~5 年。也许雷萨派遣的救援飞船

正在路上。船员们心安理得地这样想着，耐心地等待着。可惜不到 4 个月，一场潮汐席卷而来，将停在海边的太空飞船卷进了大海里。

雷萨为了流放哈娜这些人，曾向联盟社会的公民们撒了很多谎，唯独这句话是真的。他曾告诉亚诺公民，"未来之耶号太空飞船被潮汐卷进大海"。

4.吉历公元4356年

"我们出去吧。"

绮照低声下气地哀求离晴。

"现在克特里人占据多数了。外面应该安全了。"

绮照见离晴一声不吭，又补了一句。她心里一刻也不能忍受，在这个穿梭机里和他待在一起。

"我们还得继续实验。"

魔方系统早就指出，特梅尔人比克特里人更难适应夏当行星的生存环境。离晴不想解释这些，突然走近绮照，一把将她抱起，扔在床上。

"你想干什么？"

绮照惊恐地看着离晴。在夏当行星的日子里，尽管绮照内心里抗拒，但是他俩也有过在一起的时候。只不过绮照每次都很小心，极力避免怀孕。

"我们该有后代了。"

离晴粗暴地扑上去。

"不要！有后代也没有用。"

绮照躺在床上，双手死死地抵住离晴。绮照就算替离晴生再

多的孩子，也不能让孩子之间近亲繁殖，那会产生有严重遗传缺陷的后代。这样的后代，存活下来都很困难，更别说养育下一代。即便有下一代，也仍然是近亲繁殖。只有离晴和绮照，不可能繁衍出一个种群。

"他们……他们会……生出骡子的！"

绮照终于推开了离晴，喘着粗气。事实上，即便让孩子们和克特里人繁衍，只会生出没有生育能力的孙子辈。离晴和绮照的香火也就到此为止，再也无法一代又一代传下去。

"这儿不能只有克特里人。他们再多，也延续不了亚诺文明。"

离晴颓废着坐在床边。

"我们可以教他们知识。"

"没有用。他们很笨。像胜影那样的人，十万个里面才有一个。指望他们繁衍生息，延续亚诺文明，那是白日做梦。只有特梅尔人，才能延续亚诺文明。"

离晴再次扑向绮照。

"先有孩子再说。会有转机的。"

绮照在离晴身下挣扎着，最后无力地瘫软下来，只能眼睁睁地任由离晴摆布。此时的离晴，心里并不知道转机会是什么，更不知道什么时候能够到来。

在之后的岁月里，离晴只是一味地逼迫着绮照，在穿梭机里疯狂地制造后代。他努力研究持续生育的方法，确保绮照每五年生出一个男孩和一个女孩。他努力研究延长寿命的方法，力求让他和她的寿命尽可能延长。相应地，他和她的生育期也尽可能地延长。

"我们要让孩子们走出去。"

离晴冷漠地看着绮照生下的第一个孩子。绮照心里明白，他这是要拿孩子们做实验了。

"你去死吧。"

绮照咬牙切齿地说道。

离晴不以为意，我行我素，开始了他的实验。从第1个孩子出生的这一年算起，在第50年的岁末，离晴便有10个男孩和10个女孩。在此之后，离晴计划每10年，从孩子们中随机抽取1个，让他或她离开径犹号穿梭机，去外面的世界，看看会有什么结果。

实验持续地进行到第101个年头，离晴原本有20个男孩和20个女孩。已经派出去5个孩子，现在还有35个。在他准备派出第6个孩子时，遇到了阻力。

"爸爸，我不想走。"

看着6号孩子的哀求，离晴不为所动。离晴不想挖空心思给孩子们取名字，便按照出生日期先后编上号码。这个6号儿子现在也有85岁了。

"这是你的使命。我们不能一辈子住在这个城堡里。如果那样，它终究是一个坟墓。"

"每10年1个，你的孩子，已经有5个死在外面。要我离开，注定就是送死。"

6号儿子见哀求不行，便大胆地抗争。

"那些死去的孩子，并不是无谓的牺牲。他们的基因已经注入夏当的生态系统里。病毒让他们致病死亡，他们也改造了病毒。"

"这种改造影响甚微。"

孩子们在径犹号穿梭机里，通过魔方系统学到了很多生物方面的知识。

"你必须去改造病毒，虽然风险很大，但也不是没有成功的可能。现在的病毒，致死率已大大降低。"

离晴这么说，也是有根据的。通过一批又一批克特里人的驯化，病毒对他们已不再致命，大多数克特里人感染病毒后表现为无症状。

这个规律也体现在特梅尔人身上。前面5个孩子，感染后的生存期也越来越长。尤其是第5个孩子，她是13号女儿，感染病毒后，靠自身免疫力，终究还是活了过来。只是身体还比较虚弱，没能逃过狼群的追踪，死在狼口里。

"我能不去吗？"

6号儿子仍不为所动。

"不行！"

离晴转身而去。他身后的孩子们一拥而上，将6号儿子捆得结结实实。

"还是安心去吧。"

绮照走到被五花大绑的6号儿子跟前，双眼漠然地注视他。她已经眼睁睁地看着自己的5个孩子死去，痛苦得已经麻木。离晴定的规矩，不能反对，必须执行。她已经没有了反抗的意识，转而成了他的帮凶。

"你有想过，为什么克特里人能生存下来吗？"

她紧紧地拥抱着6号儿子，在他耳边轻轻地问道。

"他们和我们不一样。在亚诺行星上，他们一直就住在山区的原始森林里。这儿对他们来说，并不陌生。"

6号儿子说出这个理由时，显得有些不自信。

"我和你们的爸爸都怀疑，这儿的土著人中有克特里人种。"

绮照推开了6号儿子，面向在场的孩子们。他们听到这句话，都瞪大了眼睛。

"作为一对孪星，亚诺有亚诺黎猿，夏当有夏当黎猿。亚诺黎猿有特梅尔人种和克特里人种，我们怀疑，夏当黎猿也有类似的克特里人种。"

听到摇篮里婴儿的啼哭声，绮照走过去抱起她，又从上衣领口处翻出巨大的乳房，将乳头塞进她的嘴里。啼哭声顿时停止。

"可以肯定，现在的克特里人已经不是纯粹的克特里人。为了种族延续，来自亚诺行星上的克特里人有可能捕获了这儿的克特里人，强行与他们交媾。诞生下来的后代，自然就会获得他们的免疫力。这才是真正的答案。"

"夏当行星上有特梅尔人吗？"

6号儿子很聪明，立即意识到绮照即将说到的话题。这让绮照不禁冷冷一笑。

"既然是一对孪星，我们认为这很有可能。如果我们能找到特梅尔人，与他们繁衍，就可以不惧这儿的病毒，让我们的种族得以延续下来。"

即便战胜了致命病毒又如何？终究不过是在这片土地上生活一辈子。又不能延续自己的后代，那为什么还要出去？还不如就在径犹号穿梭机上度过这一生。这就是6号儿子内心的真实想法。

此刻，绮照的这番理论显得不那么靠谱，但终归有了长久的

目标，比起苟且偷生地活在穿梭机里要好得多。6号儿子突然感到值得为此冒险。

"松绑吧，我去就是。"

在场的孩子们开始为6号儿子做出发前的准备。

"你先把衣服都脱光。"

7号女儿拎着一件从头连到脚的防护服准备给他换上。

"这是可以呼吸的衣服，就像你的皮肤。不过比你皮肤好一点。它很皮实。有点像防弹服，可以防刺破、划破和磨破。"

7号女儿帮助他穿上后，上下打量了一番。整个衣服从头到手再到脚，贴着皮肤，将他一丝不漏地包裹起来，只露出了面部。

"最重要的，它还具有阻隔、消灭细菌和病毒的功能。"

"病从口入……"

6号儿子翻了翻白眼。面部没保护，还不是一回事。

"给你口罩。这个口罩不仅仅像这衣服一样，它还有个好处。当你剧烈运动的时候，不会因为它而呼吸困难。"

8号儿子走过来，替他戴上了口罩，也堵住了他的话。6号儿子深吸了一口气，确实很顺畅。

"这是护目镜。眼里揉不得沙子。病毒也有可能从眼睛里进入体内。"

3号女儿递给6号儿子一副护目镜。6号儿子拿着它，感觉软软的，又有些粘手。他整个身体，现在只有眼睛部位裸露在外。戴上护目镜后，它似乎有灵性，自动与双眼周边的口罩和防护服粘在一起，将双眼部位密封得严严实实。

"它有一个好处，不会像普通玻璃镜片那样起雾。"

3 号女儿朝着他的双眼猛地哈了一口气，想要演示一下护目镜的防雾功能。

"它怎么是一层透明膜？在野外生存，这能耐用吗？"

6 号儿子下意识地扭转身，躲过了 3 号女儿的哈气。也瞥见了身后镜子里的自己。

"它有形状记忆功能。就算破了一个洞，也会马上融合，恢复成完整的膜。"

"我吃饭喝水总得摘下口罩吧。那还是有可能病从口入。"

6 号儿子还是不放心。

"如果吃饭喝水要与外界隔绝，那拉屎撒尿也要与外界隔绝。"

12 号儿子觉得他太小心翼翼了，便有些挖苦的意思。

"对呀，穿了这个防护服，我怎么拉屎撒尿？"

6 号儿子低头看了看裆部，没有发现开口。

"在阴茎和肛门部位，衣服的材料类似护目镜，只是不透明。如果你要大便，下蹲的时候，将会紧绷肛门部位的防护服。蹲好后，你就再加把力，用双手往外猛地一拉，肛门部位的衣服就会裂开一个口子。裂口有一个融合时间。在这个时间内，你必须完事。如果时间不够，那你就再次用点力，把裂口拉大一点。记住，最大融合时间是 25 分钟。超过这个时间不能融合完成，就是永久的裂口。"

12 号儿子边说边比画着。

"考虑到防护服男女通用，撒尿时你也得蹲着。也同样需要双手往外拉。一拉就会出现裂口。双手一松，裂口就会慢慢融合。这个融合时间，足够你撒尿了。"

"裸露的部位真多。"

6号儿子听了他的介绍，不禁皱了皱眉。

"像你这样担忧，就待在这儿好了，那才是万无一失。你这出去，就是要和夏当的病毒交流，做斗争的。完全隔绝，还有必要让你出去吗？"

12号儿子有些不耐烦他的磨磨唧唧。

"孩子别担心。我们研发这些装备，就是为了让你尽可能在外多待。我们做了仿真实验，有了这套防护服，感染病毒的风险将会大大降低。你的这次任务，首要的不是让你驯化病毒，而是让你找到夏当上的特梅尔人。如果他们真的存在，我们就有了希望。"

绮照极力安抚着6号儿子。

6号儿子走出径犹号穿梭机后，在S洲的这片大陆上，确实生存期大大延长，足足活了15年。这得益于他的小心翼翼。他很用心，没有偏于一隅，努力走遍这片大陆的每个角落。遗憾的是，他始终没有发现夏当特梅尔人。

其实离晴和绮照心里都清楚，原本就不指望6号儿子找到夏当特梅尔人。特梅尔人和克特里人外貌并无二致。仅仅通过观察外貌，根本就很难做出确切的判断。

要么测试他的智商，要么摸他的脊柱尾椎，最靠谱的就是分析他的基因。所有这些方法，都需要将他捕获。6号儿子显然没有这样的能力。离晴的真实目的，只是测试6号儿子的装束究竟有多大的效用。

看到6号儿子在外面待那么长时间，离晴觉得信心十足，加大了外派的力度。他将S洲划分成5个区域，派出5组，每组3

个孩子，要么两男一女，要么两女一男。每组负责一个区域的搜寻工作。离晴使用魔方系统，又研发了捕获装备，让孩子们的战斗力更强。

捕获小组一旦在搜寻中确定疑似人群，便立即实施捕获。捕获成功后，他们会摸他的脊柱尾椎。如果摸着是凸的，就放掉。如果摸着是平的，就会抽取他的血液。之后，捕获小组召唤无人机，让它将血液样品送回到径犹号穿梭机。魔方系统使用基因测序仪，对血液样品进行测序，并和特梅尔人的基因序列进行比对，最终判定是不是特梅尔人。

捕获工作一开始很顺利，成功率很高。但是一份份分析报告指出，捕获的土著人其实是克特里人。捕获小组只能一次次抓了又放。这样的行为，反而助长了土著人的胆量和防御经验。他们根本不害怕捕获小组，还经常袭击他们，让他们的伤亡率逐渐提升。捕获小组的人，一旦有了伤口，那是致命的。他们很快就会感染细菌或病毒而死。再到后来，孩子们虽然没有了土著人的袭击，但是满眼里都是杂种克特里人。

离晴和绮照渐渐明白，S洲上的土著人中没有特梅尔人。离晴也曾有过计划，飞到夏当的其他大陆上寻找。只是径犹号穿梭机内部已经做了大幅度的改造，要想恢复飞行功能已经不太可能。

自从亚诺行星毁灭以来，已经过去325年。他们使用了大量的燃料，用于制造各种装备，合成各种材料，加工各种食物。没有燃料，就没有能量，就无法生产这些东西。没有魔方系统的帮助，他们也不可能走到这一步，活得这么长。它虽然是简装版的，也同样需要消耗能源，消耗燃料。

此时的离晴和绮照,已经350多岁,进入迟暮之年,垂垂老矣,随时都有可能离开这个世界。绮照在40年前,终于老得再也不能生育。他俩一共在城堡里生下了31个男孩和31个女孩。如今只剩下一个年龄最小的女儿。

"记住,你就叫'阿彩'吧。"

离晴示意女儿走到他的跟前。在亚诺的古代,早期的特梅尔人之间,总是以"阿"打头,给孩子起名。如果生下来时起了风,就叫"阿风",如果生在山峰上,就叫"阿山"或者"阿峰"。这女孩出生时,离晴梦见了彩霞,于是依照古法,给她取名"阿彩"。

"你把洞口的伪装去掉吧。我要把径犹号穿梭机开出洞外。"

阿彩在离晴的指导下,使用机械臂,将洞口门打开。

"让我给你输血吧。"

离晴将穿梭机开出洞外后,示意阿彩躺在他的身边。

"你要在5分钟内吃下这颗药。"

离晴看着输血管里的血流进阿彩体内,将一颗红色的药丸塞进她的手心。接着,他便闭上双眼,停止呼吸。

阿彩翻身起来,吞服了红色药丸,发现父亲已经死亡,便来到绮照床前。此时的绮照躺在床上,已经不能行动。由于长年生育,硕大的乳房像两个空皮囊贴在胸前,宽大的盆腔让两条腿外八字岔开。绮照听着女儿在耳边轻声哭诉,知道离晴已经死去,眼泪顺着脸颊不停地流着。自从亚诺行星毁灭以来,这是她的第二次流泪。

离晴直到临死才愿意放了她。穿梭机上的魔方系统分析了那么多血液样品,基因测序结果全都指向克特里人,这说明S洲上其实没有夏当特梅尔人。假若离晴一察觉 S 洲没有夏当特梅尔人，就马上将目光转向其他大陆，那他肯定会在 A 洲发现一大批夏当特梅尔人，甚至还会发现桑托斯的后代。

即便穿梭机已经使用得不能长距离飞行，也能想办法联系太空岛，借助沐重他们的力量，也能很好地保护自己的孩子们，绮照也不至于落得如此悲惨境地。

离晴宁可牺牲掉所有的孩子，也要顽固地在 S 洲寻找夏当特梅尔人。如果不是绮照坚决要求留下阿彩，离晴也会派她出去送死。离晴就是一个变态狂。他对绮照的占有欲太强，不愿意看到有任何人与她交往。他至死都不愿走出隐秘城堡，仅仅只是不想沐重找来，夺走他心爱的绮照。

离晴当年在阿尔法机器人的帮助下，体内引入了沐重的虹膜、指纹和声纹的特征 DNA 片段。离晴"继承"了雷萨的血统，成为魔方系统的主人，也成为径犹号穿梭机的主人。只是这些特征 DNA 没法遗传给他的孩子们。阿彩获得离晴的血液，并吞下红色药丸，便将这些特征 DNA 继承下来，获得了使用简装版魔方系统和径犹号穿梭机的永久权限。

绮照和阿彩都明白现在的处境。绮照让阿彩打开径犹号穿梭机上的 SOS 求救仪，它会发出特定频率的无线电讯号。她俩期盼着讯号能够被太空岛侦听到。

离晴死后，绮照的健康状况继续恶化。4 个月后，她把阿彩叫到跟前，让她的耳朵贴着自己的嘴唇。

"你是最后的特梅尔人！"

绮照回光返照似的吐出这句话，就像吐出全部的悲伤。绮照

并不知道，此时的夏当行星上，阿彩并不是唯一的特梅尔人，甚至也不是唯一的亚诺特梅尔人。

"一定要活下去。"

她睁着双眼停止了呼吸。

5.吉历公元 4326 年

吉历公元 4031 年 3 月 1 日，迹语号穿梭机拖着液态氘和氚的燃料箱，稳稳地停在太空岛上。

看到氘和氚全部灌注到专属核燃料储藏库后，森海输入密码，准备按下反应堆点火开关。

"等等！要吃我的那个药。"

昌盛津急忙阻止森海。一众人不得不回到凌波宫，立即服用蓝色药丸，让身体恢复成有重力模式。

第二天醒来，大家聚在简社大殿，一起看着森海按下点火键。第一台核聚变反应堆顺利启动。紧接着，其他 999 台反应堆也依次启动。反应堆产生的充沛电能让太空岛的内圆环柱相对于外圆环柱慢慢旋转起来。

随着旋转速度的加快，大家的双腿渐渐感受到自己的重量。简社大殿的天窗外，星空奇妙地旋转起来。

"啊！久违的重力又回来了！"

迪奥像个孩子一样笑逐颜开。

"走，去看看我的'蠕虫'。"

昌盛津拉着施罗德出了简社大殿，来到无极殿。

像蠕虫一样的辞孤和他的 16 个队员，在突然的重力作用下，被紧紧地压在床上，无法动弹。

"这下他们彻底老实了。"

昌盛津透过窗子看着他们，心里想着，这是很好的实验材料。

"你打算怎么处置他们？"

施罗德心里一阵发麻。

"太空岛就我们这几个人，太孤单，我想克隆一些新人来。"

昌盛津胸有成竹地走进一间实验室里，来到辞孤的床前，用手摸着他背上的皮肤。辞孤无力地趴在床上，侧着头，喉咙里发出"咕隆"的声音，眼睛盯着昌盛津，露出一丝丝恐惧的目光。

"他的喉内肌和喉外肌都已严重流失，无法讲话。"

昌盛津侧头看了一眼施罗德，示意跟着他离开这儿。

太空岛的无极殿里有各类实验室。昌盛津想带着施罗德，一间一间地参观。

"从碳开始，先制造碳水化合物，再制造小分子有机物、大分子有机物、蛋白质、病毒、DNA、细胞、组织、器官，像这样造人，太费事了。"

施罗德心里明白他接下来要说的话了。

直接从人身体里提取各种细胞，再进行扩增，就会有大量的细胞可供实验。这就省掉了从无到有生产细胞的大量费时费力环节。辞孤和他的 16 个队员身上，有大量的细胞可以提供。

"这是不是一种杀戮？联盟反对杀戮。"

"亚诺已经毁灭了。联盟已经不存在了。"

昌盛津开始感到，施罗德让人有一丝厌烦。

经历了亚诺行星的毁灭，联盟的身影、雷萨的身影，却还是继续存在着。这太空岛是雷萨的，这周围的人，除了胜影，也都是雷萨的人。流雄、沐重、薇欧拉是雷萨的亲人。森海是雷萨的死侍。迪奥、宇归和施罗德，是联盟副主席，雷萨的副手。虽然并不完全赞同雷萨的主张，但骨子里仍是联盟的拥趸。

"别在我面前提联盟！你以为联盟是怎么来的？还不是靠流血、杀戮和死亡得来的。"

昌盛津看着施罗德沉默不语，心里咒骂着他的迂腐。

"太空岛上，有我们就够了。"

薇欧拉冷不丁地出现在他俩的身后，让昌盛津着实吓得不轻。

"再说了，我们待在这儿，究竟是为了什么？我们的未来是什么？没有弄清楚这些问题，克隆出一大堆人出来，岂不是一群'僵尸'？"

薇欧拉冷笑着。她不想太空岛上有新人出现。核燃料是生存的基础，原本就不多，需要精打细算。人一旦多起来，消耗核燃料不说，还很难管理。

"我们能活多久？最多100年。"

宇归走了进来，言下之意，太空岛上要有新人来延续亚诺特梅尔人。

"我想稍事休息几天，就去夏当行星。"

沐重带着流雄、森海和迪奥也跟着进来。他念念不忘父亲戴夫，也可以说，念念不忘绮照。

"你忘了吗？哈娜他们是怎么死的？"

流雄说完这话，突然看见薇欧拉狠狠地盯着他。他意识到，薇欧拉巴不得沐重离开太空岛。

"流雄说的对。离晴和绮照，还有径犹号穿梭机上的克特里人。他们要是适应了夏当的生存环境，你再去也不迟。"

宇归和薇欧拉相反，处处为沐重考虑。离晴万万想不到，他在把克特里人当小白鼠的时候，宇归也在把他当作小白鼠。

"我们在这儿不是很好嘛。"

迪奥心想，太空岛足以让大家活到寿终正寝，那不就行了吗？何必要去夏当行星冒险。

"我们9个人，是不是太寂寞了。昌盛津，你还是要克隆几个人出来。"

胜影不像宇归，说话直白，根本不顾忌薇欧拉的反对。

"亚诺行星毁灭以后，整个宇宙里算上离晴、绮照和那些克特里人，也就1万个亚诺人。我们要延续亚诺人，延续亚诺文明！"

流雄语气有些激昂，回答了薇欧拉关于太空岛上生活的意义。

"夏当去不了。我们这儿的人，最多活100年。想要种族延续，文明延续，怎么可能？"

施罗德嗤之以鼻。

"我支持薇欧拉的主张。昌盛津，先别克隆人。还是多考虑延长寿命吧。"

流雄没有理会施罗德的不屑。

昌盛津在无极殿里建成一条全自动的制药生产线。生产线的一头就是高能蓄电池。生产线吸入它的能量，经过复杂的转化，在另一头吐出成品药。太空岛不像亚诺行星，没有各种各样、形形色色的自然资源，唯一的资源就是核聚变反应堆输出的能量。太空岛上所需的物质只能来源于能量转化。

"人如何实现永生？一代接着一代繁衍，就是人的永生。我把它称为异体永生。生物界的物种，绝大部分是异体永生。对于个体来说，它是短暂的。对于种群来说，又是漫长的。"

昌盛津的生产线传出"咔咔咔"的声音，他停顿了一会儿。

"吃了这些药，可以有效控制细胞的凋亡，保持稳定的新陈代谢，不会出现衰老。这叫自体永生！你们每个人，都可以长生不老，万寿无疆！"

昌盛津捡起生产线终端吐出的红色药丸，一人一颗，示意大家现场服用。大家吞服后，没过五分钟，立即感到神清气爽，精力充沛。

"这是啥药？"

"你叫它'仙丹'吧。"

昌盛津得意地看着施罗德，不想透露太多仙丹的细节。

"能返老还童吗？"

施罗德见不惯昌盛津得意洋洋的样子，故意对仙丹提出更高的要求。

"还不……"

昌盛津突然意识到施罗德的敌意。

"也不是不行。只是一旦返老还童，会让你变成襁褓中的婴儿，接着变成受精卵，还有可能将你变成两半，一半是精子，一半是卵子。你要不试一试？"

昌盛津灵光乍现，想到了说辞，立即反唇相讥。

"需要多久服用一次仙丹？"

迪奥已是迟暮老人，突然能够长生不老，显得很兴奋。

"因人而异，一颗仙丹可以延续30～40年的寿命。我们需要定期服用。"

昌盛津微笑着，心里想着，有了仙丹，你们就得乖乖地听我的话。

"森海，你以后掌控核反应堆的开关。"

没有了能源，昌盛津就没法制造仙丹。控制能源，才是根本。森海对着流雄点了点头。其实他早就掌控了核反应堆的开关。流雄这么说，大家心里都明白，不过是提醒昌盛津别打小算盘。

薇欧拉一踏上太空岛时，便做了周密的安排。她建议流雄必须牢牢地掌握燃料库。流雄一直不以为意，觉得空空如也的燃料库，没有多大的用处。当十吨氘和氚注入专属核燃料储备库时，流雄才明白薇欧拉当初的建议很有远见。

他和森海分别掌控燃料库和反应堆，这样的权力架构，有利于保证太空岛的能源安全，保证整个岛的安全。

"这儿真是太棒了。"

胜影看到昌盛津脸色有些尴尬，连忙转移话题。

"我亲手打造的。"

昌盛津的尴尬立马消失，脸上浮现出些许得意。

"无极殿就是一个实验室。在这儿你可以做各种各样的实验。可以帮你实现各种梦想。"

昌盛津带着胜影，开始兴致盎然地参观各个实验室，渐渐远离了其他人。

"你想造人吗？"

"是的。这些年，我已经有了一些进展。"

"那你能造一只手吗？"

胜影的欲望就是这样直接，把昌盛津逼在角落里无法回避。造一只手，理论上是可行的，但是实践上能不能成功，取决于很多因素，这对昌盛津来说，并没有把握。

"让我看看。"

胜影抬起左胳膊。昌盛津仔细看了看手腕上的伤口，又抬起他的右手看了看。

"给我一点儿时间。"

11 天后，昌盛津告诉胜影，可以到无极殿看看研究进展。大家听到这个消息，也都很感兴趣，随着胜影一起来参观。

在洁净室里，一个不锈钢托盘上有一大块肉，在肉的上面垂直生长着一只手。大家隔着洁净室的玻璃，忍不住比画着自己的手，想搞清楚里面的那只手究竟是左手还是右手。

"它是左手。胜影的左手。"

大家听到昌盛津这么一说，不由得鼓起掌来。

"现在就可以给他装上吗？"

森海显得比胜影还急迫。当初为了救胜影的命，森海不得不砍断他的手腕。直到现在，森海内心仍有些内疚。

"可以马上做手术。不过这只手和手腕缝合之后，不能确保它会是一只灵活的手。"

昌盛津看着胜影，期待着他的答复。

"如果不好使，还能不能切下来再试验一次？"

胜影也挺谨慎。

"这次没把握，下次同样没把握。那不太好吧。"

"那我干吗需要一只装模作样的手？中看不中用！"

胜影直接拒绝。

"我先用这只手做试验吧。如果能恢复运动神经，就给你装。"

又过了十来天，昌盛津很兴奋地告诉大家，胜影可以接受手术了。

大家再次来到无极殿。在一间实验室里，他们看到一个蠕虫的手腕上缝合了一只新克隆的手。这只手就是胜影的左手。

"辞孤和他的这些手下，我把他们称为'蠕虫'，这是第一次用他们做嫁接实验。"

昌盛津语气自然，一副心安理得的神态。大家内心却很不适，表面上又不好说什么。

"我建立了一个运动神经模型。通过电信号来模拟脑部运动指令。"

大家看见蠕虫的手腕上粘贴着一个圆形电极，一根电线从电极中心引出，连接在一台仪器上。从仪器的另一端，通过电线，又连着一只乳胶手套。

"你们看，我这边怎么动，他那边的手也跟着动。这说明克隆手是可控的、灵活的。"

昌盛津将左手伸进手套里戴好，然后演示着各种手部动作。大家看了不由得点头赞许。

"可以给我装上吗？"

胜影看到这儿，才放心下来。

"现在就可以，你跟我来。"

昌盛津转身走进了另一间实验室，胜影也跟了进去。随后，昌盛津关上了房门。

手术非常成功。胜影不仅有了一只灵活如初的左手，而且手腕缝合得也非常完美，不仔细看，根本看不出缝合线。

自此以后，昌盛津的生物学研究取得不可思议的进展。

昌盛津以辟孤那帮蠕虫为蓝本，合成出人面狮身兽、半人马兽、羽人兽、人鱼兽等五花八门的人兽新物种。之所以称为兽，而不说成人，那是因为昌盛津在创造出这些新物种时，限定了它们的智力。它们有人的脑袋，却只有兽的智力。流雄、薇欧拉就不会指责他在造新人。

他可以随心所欲地像植物嫁接一样，将不同的动物相混合，合成出长着翅膀的飞虎、飞鱼、飞马等新物种。新物种在自然界里的渐进演化，变成在无极殿里的瞬时组合。

他让巨型蟒蛇上长出一个狮头、两个鹿角、四个巨爪，让它周身的鳞片下长出鲜艳的羽毛。他将它称为汞龙。这是他最得意的新物种。它可以在地上蜿蜒游走，又可以在空中盘旋飞翔，还可以在水中翻江倒海。

太空岛有了重力后，流雄的肌肉与骨骼不再流失，只是行走仍有所不便。昌盛津便将他最得意的汞龙献给流雄，作为他的坐骑。流雄有了汞龙，上天入地，非常自在。汞龙也有灵性，能够

明白流雄的心意。渐渐地，他把它当成了宠物，没有了孤独寂寞，充满着喜爱的感情。

大家争相请求昌盛津为他们合成坐骑。薇欧拉的坐骑是巨大的莲花，莲花的花芯里有莲蓬，被称为巨龟莲。莲花的底部长出四条巨龟的腿。昌盛津又一次突破，实现了植物与动物的混合。

昌盛津给薇欧拉一个瓷瓶，里面装着液态的生命水。平时，巨龟莲是枯萎的样子，也不能行动。薇欧拉将瓶里的生命水倒一滴在莲芯里，刹那间，花瓣五彩流溢，莲蓬绿意盎然。四条巨龟腿直立起来，稳健地踱着四方步。她盘腿坐在莲蓬上，便能闻到芬芳馥郁的花香，还能行走如飞。

沐重为自己设计了一只龟背象作为他的坐骑。象的背部长出如八仙桌一般大小的、翻开向上的龟壳，让他可以四平八稳地坐在上面。

迪奥的坐骑是虎足凤鸟，一种长有两条虎腿的凤凰。宇归的坐骑是一只全身雪白的飞熊。它的背部两侧，长着一双巨鹰一样宽大的白色翅膀。施罗德的是狮头马，它是在夏尔马的身躯上长出雄狮的头。胜影没有让昌盛津创造新物种，而是让他克隆出亚诺行星上的远古巨兽——龙月蓝鸟。森海的坐骑是一身紫色花斑的牛角豹，豹的耳朵边各长着一个弯月状的牛角。

昌盛津创造了一个巨型的彩色水母作为自己的坐骑。说它是水母，其实它并不在水中生活，而是生活在陆地上。它的伞盖不停地扇动，就可以把人托在空中。它的触角在空中舞动，就可以向前移动。昌盛津把它称为云霞水母。

大家有了坐骑后，和流雄的感受一样，都把自己的坐骑当成宠物，有着深厚的感情。自己的坐骑有了不适，就像是要了自己的命一般，心痛如绞。

令人万万没有想到，有了宠物后，所有人的精气神发生了根本改变，和吃了仙丹的精神焕发完全不同。大家对宠物的热爱转化成对生活的热爱。这种热爱，让大家觉得人生有了波澜，有了追求。再加上长生不老加持，大家都有了永恒的时间，自然而然地全都认同流雄的主张：大家的神圣使命就是亚诺种族的延续、亚诺文明的延续。

"我们现在能长生不老了，只有去夏当行星，才有意义呀！"

有一天，沐重突然意识到，太空岛也就维持一千年。

"能源终究有枯竭的一天，那样我们又会失去重力。依靠太阳能，也维持不了多久。我们也不能生产仙丹了。"

宇归支持沐重的想法，从长远考虑，还是应该前往夏当行星。

"现在去不合适。我们会感染病毒。那是死路一条。"

昌盛津的脸色阴晴不定。

"你的仙丹可以永生，难道还怕病毒吗？"

施罗德反诘道。

"仍会感染，会不会死很难说。"

仙丹只是维持身体现状，不至于衰老，但不能防病毒。昌盛津的脸色阴晴不定，就是担心有人说出仙丹的不足。

"别研究这些药物，也别研究生物了。宠物多了也不好。"

薇欧拉坐在巨龟莲上，幽幽地说道。她随手摘下一片莲花瓣，放在面前深吸一口，享受着花香带来的陶醉。

"薇欧拉说的对。我们还是多研究研究夏当行星。"

吉历公元4133年，流雄下达了命令。他掌控着太空岛的燃料，自然而然地成了大家的首领。

太空岛上，所有的人都积极参与到昌盛津的研究工作中，为崇高、神圣的理想，努力奋斗着。有关飞行器、病毒防护器具的研制，昌盛津终于取得了成功。而沐重还忙里偷闲，成功地监听到来自夏当行星上的电磁波。

在流雄的授权下，机器人驾驶着映旗号穿梭机前往夏当行星。为了避免被夏当行星上的克特里人和特梅尔人发现，映旗号穿梭机会选取N洲、D洲、F洲和J洲作为降落地点。这些地方属于无人区。机器人下来后，便开展取样工作。

通过一系列隔离措施，取回来的所有样品确保生物安全后，会送到无极殿的各类实验室里。昌盛津分析夏当行星的空气、土壤和水，还有各种动植物的标本，成功筛选出23种高致命性病毒。通过大量实验，他反复分析这些病毒的特性，找到了快速消灭这些病毒的紫外光谱。

昌盛津合成出常温超导材料，将它制成一个直径为1米的圆环。超导圆环利用夏当行星的南北极磁力线，可以水平悬浮在空中。如果有人戴上特制的手环，超导圆环便悬浮在这个人的头顶上。超导圆环沿着圆周，向下发出紫外光，形成一个紫外光圆桶，将圆环下的整个人笼罩在内。昌盛津再为超导圆环配上一圈可见紫蓝光。大家一看到紫蓝光超导圆环，就知道，它肯定在发射紫外线。

昌盛津不断地改进，超导圆环不仅仅能杀死夏当上高致命病毒，其他所有的病毒或细菌也都能杀死。

"我们不必穿上离晴发明的连体防护服。那东西穿在身上实在不方便。我们穿他的简装版就足够了。我们能露出头和双手，也能脱下裤子大小便。"

映旗号穿梭机在 S 洲上空拍摄的遥感相片，清晰地展现了离晴的子女穿着连体防护服在野外生存的情景。昌盛津手指着那些照片，显得不屑一顾。

"你们可以自由自在地行走，奔跑或驻足。无论到哪儿，你都能呼吸夏当行星上清新而又经过杀毒的空气，你的双手能够有真切的抚摸。头顶上的光环永远保护着你，将夏当病毒拒之门外。你就像是在没有病毒的太空岛一样。"

昌盛津在辞孤那帮蠕虫里，选了 3 个人，让他们戴上特制的手环，头顶光环，乘坐映旗号穿梭机分别降落在 N 洲、D 洲和 F 洲，让这些蠕虫暴露在野外。这些蠕虫待了半年，有着光环的保护，都没有感染病毒。取消光环后，不到 3 天，便感染病毒。不到 10 天，便病死在夏当上。

有了这次成功的试验，昌盛津信心满满，亲自去了一趟。头顶上悬浮着紫蓝光环，他领略了夏当行星的壮美风景，回来后果真安然无事。

"像个小丑一样。为什么不研制疫苗？"

薇欧拉不喜欢紫蓝光环，悬在头顶上，像小丑一样，非常难看。她更愿意将亮晶晶的光环套在脖子上。

"已知的致命病毒种类就很多了，也不知道有没有未知的。所有病毒都要开发疫苗，那我们要吃一大把仙丹。是药三分毒，

会有严重的副作用。"

昌盛津心里想着，不是不让进行药物研究吗？薇欧拉难道忘了自己的主张？

"我还发明了一个好东西。我称它为'云台'。夏当行星是原始的。即使是平原，人在上面行走，也是深一脚浅一脚。有了它，想去哪儿就去哪儿。"

昌盛津指了指地上，大家的目光转向一个正方形平板。昌盛津去了一趟夏当后，深有体会，徒步行走实在是不方便。

"请你站在上面。"

胜影依照他的指示踏了上去。

"起飞！"

20厘米厚的云台向下喷出淡蓝色火苗，托起胜影，在离地1米处悬停。他的脚下，雾气腾腾。

"接下来的演示，还是让我来吧。"

昌盛津让云台落地，替下胜影，自己站了上去。不一会儿，云台托着他，出了无极殿，来到空旷地。大家也跟着出来，抬头看着天空。只见他在空中前后左右、忽高忽低地飘来飘去，脚下的云雾更加浓厚，看不见云台，也看不见喷出的火苗。

"你就像神仙一样，腾云驾雾。"

流雄不由得感叹。

"这个云台装有特种冷却液。云台喷出火苗，温度很高。脚在上面，会受不了。有了冷却液，云台脚踏面的温度就会降下来，但同时会释放大量的水汽。这看起来就像腾云驾雾。"

昌盛津边讲解边回到地面。

"它有心灵感应功能。你心念一动，它就会感知你想去的地方。根本不用语音控制。它还有恐惧感应功能。在飞行过程中，忽高忽低，忽快忽慢，你稍有恐惧感，它可以马上感知到，立即进行调整，始终保证大家腾云驾雾时像神仙那样轻松优雅。"

昌盛津带着大家又走进无极殿。云台悄无声息地贴着地面飞行，回到实验室的原地。由于没有载人，云台没有产生云雾。

"它是量身打造的。我已为你们每个人制作了专属于自己的云台。"

昌盛津用手指拨划触摸屏，一幅幅画面显示着每个人的飞行云台。

"能骑上神兽腾云驾雾吗？"

"这个嘛，也是可以的，没有技术上的问题。现在云台面积只有1平方米。加大尺寸就行了。"

昌盛津微笑看着沐重，心里想象着沐重骑着龟背象腾云驾雾的情景。

"我的用不着。"

流雄的坐骑是汞龙，原本就可以上天入地。昌盛津统计了一下，除了沐重，薇欧拉的坐骑是巨龟莲，施罗德的是狮头马，森海的是牛角豹，这些都是不能飞的神兽，也需要飞行云台。

"飞行云台最大续航里程是350千米。骑着神兽在平原上行走，既平稳又快捷。只是跨越峡谷、河流或沟壑时，需要用上这个云台。这样的需求，云台的续航里程足够了。再长的移动距离，我们就用穿梭机好了。"

昌盛津担心大家嫌弃飞行云台续航里程短，不实用。

"你考虑得很周到呀。有了紫蓝光环，又有了飞行云台，那我们现在就可以去夏当了？"

沐重面露喜色。

"我看还有一个疏漏。"

施罗德冷冷地说道。

"是吗？我想不出有啥子疏漏。"

夏当上有克特里人，胜影很担心他们的命运，也想早点去。

"神兽去夏当，不会感染病毒吗？它要是感染了，会不会传染给我们呢？再说了，我们去干吗？领导特梅尔人，过原始生活吗？"

施罗德语气并不友好。他非常不想去夏当。在大城市待惯了，肯定不愿意去山区过乡下生活。

"可以让神兽也戴一个光环吗？"

"没必要。我们的神兽，之所以称为'神'兽，就是因为它百毒不侵。比如牛角豹，要想创造这个新物种，不只是用到牛和豹，还要引入其他物种的基因，涉及十种以上。即便亚诺的远古生物龙月蓝鸟，我也是用了很多物种来合成仿制。胜影的龙月蓝鸟，只是看上去很像。"

昌盛津直接否定了宇归的主意。

"一个物种一般都有特定的致命病毒，而这个致命病毒并不会感染其他物种，这说明了什么？"

昌盛津停顿了一下。

"这说明其他物种对它有抵抗力。我们的神兽，是十个以上物种合成的。对于其中任何一个物种来说，其他九个以上物种对它的致命病毒有抵抗力，这也意味着神兽对这个致命病毒有显著的抵抗力。由此可以推断，神兽的抵抗力是广谱的，可以覆盖绝大部分病毒。"

昌盛津见大家默不作声，直接给出了答案。

"夏当行星的情况如何？"

薇欧拉看着流雄。

"总体上还是处于原始状态。在离晴的努力下，S 洲的土著人已经消失，亚诺克特里人已经发展到十万人左右。他们脱离亚诺文明太久，处于半原始半农耕状态。A 洲的特梅尔人，没有什么变化，还是处于原始游牧阶段。"

流雄一听薇欧拉的问话，就知道她是想要了解离晴和绮照的情况。要去夏当行星，大家也确实有必要了解他俩的现状。

"离晴死了。径犹号穿梭机上还有绮照和他俩的孩子阿彩。他俩的孩子，没能成功地扎下根。"

流雄又补充道。

"A 洲大草原上的特梅尔人，可能才是亚诺文明延续的关键。"

昌盛津的表情有些举棋不定。

"夏当特梅尔人从生物学上说，就是亚诺特梅尔人，一模一样。我通过大量的研究发现，唯一的差异就在于做梦。我们睡觉时会出现梦境。这确实最神奇。相对动物，这也是作为人所具有的独一无二的天资。很奇怪，夏当克特里人和特梅尔人，都不会做梦。"

"他们不会做梦怎么啦？做梦又有什么好处？"

森海有些生气。虽然是特梅尔人，但是一看就知道，他是一个很少做梦，缺乏梦想的人。

"也许……也许这就是他们仍然原始的原因吧。"

昌盛津只是这么怀疑，无法给出科学证明。

"能不能让他们也会做梦？"

沐重是一个爱做梦的人。他也说不出科学道理，但是直觉告诉他，这种天资确实是推动亚诺文明发展的根本原因。

"我在研究量子纠缠。如果成功，我们做梦，就会纠缠他们，让他们也做梦。让他们多做几次梦，也许他们就会自己做梦了。"

昌盛津觉得这个说法有些幼稚，不自信地低着头，不停地搓着手。

"昌盛津，亚诺克特里人能做梦吗？"

薇欧拉心思细密。明知道胜影就是亚诺克特里人，她却不直接问他，转而问昌盛津。

"不能。他们没有梦境，也就没有梦想。如果不是出现像胜影这样的聪明人，克特里人早就被灭亡了。"

昌盛津看着胜影，有些担心这些话会让他生气。

胜影面无表情，一声不吭，算是默认了自己不会做梦。

"先等等吧。去夏当行星建立亚诺文明，我们有紫蓝光环、有神兽，有云台，有仙丹，这是可喜的进展。仅有这些，还不够。我们没法影响他们的观念。我们不可能拿着皮鞭，强迫他们听我们的。我们需要量子纠缠。"

流雄再次下达了命令。如果量子纠缠成功，流雄就能够控制他们做梦，就可以控制他们的潜意识。

沐重听流雄这么一说，心里一沉，暗道不妙。

"径犹号穿梭机一直没有信号。"

等到大家散去后，沐重立即将昌盛津拉到一旁。

"不可能！它有魔方系统，一直和太空岛上的魔方系统连着呢。"

径犹号穿梭机、迹语号穿梭机和映旗号穿梭机都有简装版魔方系统。它们原本都和亚诺本格拉城的魔方系统相连。亚诺行星毁灭了，它们便连到太空岛简社大殿的魔方系统。

"我指的是音视频通信。"

"离晴肯定关闭了通信系统。他不愿意我们联系他。"

"那你看看这段频谱？"

"啥时候的？"

"才截获的。"

"这个……这个好像是径犹号穿梭机上的求救信号。"

"那就是他们有危险了。"

"去简社大殿的魔方系统里看看，就知道咋回事了。"

简社大殿的魔方系统，只有流雄能够使用。沐重和离晴一样，只能使用穿梭机上的魔方系统。穿梭机之间，它们的魔方系统不能相连，沐重无法知道离晴那边的情况。

"径犹号穿梭机在求救。"

沐重慌忙找到流雄。

"绮照可能活不长。"

流雄指了指屏幕。屏幕显示出绮照全身赤裸，四仰八叉地躺在床上，胸口两个超大乳房垂下来。沐重猛然一看，不自觉地心

头一阵阵恶心。

"这是他们的女儿。她叫阿彩。"

屏幕上显示出一个 20 来岁年轻女孩的画面。

"能让母女俩回来吗？"

"不行！径犹号穿梭机已经被离晴改造得面目全非。用于长途飞行的很多功能，都已改作他用。最主要的，穿梭机上的燃料不够。"

"我们派穿梭机过去接她俩，不行吗？"

"有必要吗？绮照都这样了。"

"昌盛津有长生不老药。"

"那药只能维持现状，又不能让她返老还童。你愿意一辈子看着她这个样子吗？难道你忘了，离晴、绮照曾经背叛过你。"

"总不能见死不救吧。"

"那我送你去。你不是一直想去夏当吗？留在那儿陪她俩，你愿意吗？"

沐重默不作声。离晴背叛他确实不假，他也一直耿耿于怀。绮照当年确实跟着离晴走了，只不过她这么做，也是为了迪奥。迪奥是她的爷爷。她不得不把自己作为交换，让离晴同意迪奥前往太空岛。他理解她的背叛。只是绮照现在这个样子，早已不是他印象中的那个年轻貌美女孩，这让他内心有了莫名的失望。

毕竟是确切地知道了绮照的消息，沐重还是不甘心，便去找迪奥。

"你的孙女很不好，发出了求救信号。"

"我知道。"

"什么！你知道？"

"流雄时不时会告诉我有关绮照的情况。"

"那你也知道阿彩？"

"嗯……不仅仅有阿彩，他们还有很多孩子。离晴把绮照据为己有，让她成为生育工具。他们那儿条件不好，绮照生孩子太多，才会是现在这个样子。离晴从小是孤儿，一旦有了亲人，占有欲和控制欲特别强。"

"那你为什么不求流雄，让他派我们去救她。"

"没用。他不同意。他很想看看离晴的实验结果。特别是亚诺克特里人在那儿扎下根后，他更想看看离晴的儿女们，这些特梅尔孩子，能不能也在那儿扎下根。"

"你怎么不早和我说呢？"

"有用吗？你能说服流雄吗？……我老了，只求平平安安。"

迪奥深深地叹口气。他希望太空岛平静，人与人之间不要有矛盾。不能因为远在夏当的孙女，闹得太空岛鸡犬不宁。这太空岛，原本就是流雄的。流雄能接纳他们这些后来的人，已经很不错了。

"这个……这个……"

沐重想说什么，却不知道怎么说好。想到阿彩也是仇人离晴的女儿，沐重便没有继续恳求流雄。没多久，绮照死了。明知道阿彩还在那儿，沐重却再也不提这件事了。

6. 吉历公元 4380 年

有了 10 万左右人口规模的新克特里种群，必然会诞生和特梅尔人一样聪明的人。伟大的历史时刻终于来临，克特里人在夏当行星上迎来了他们的第一个聪明人。

这个聪明人叫衮虞。他在 21 岁时，从高山上下来，回到家中。他的妈妈很惊讶也很激动。离家出走 6 年的儿子突然回来了，妈妈连忙蒸了一碗米饭端给他。

"太好吃了。"

衮虞想起小时候吃的米饭，没有这么白，这么香，这么软。

"我们收集的稻米中，会有少量的白米。我拣了出来。特意给你蒸了一碗。"

妈妈看见儿子吃得香，脸上露出欣慰的笑容。

"我可以让田里都长出这样的米。"

"明年再多弄一些，专门做给你吃。"

妈妈根本不相信衮虞说的话。

衮虞来到屋外，走到附近的一块野地旁。地上长着一大片天然水稻，中间夹杂着各种野草。水稻上已经没有稻穗，一定是被附近的人家收割了。

他向北走了一个多月，又发现了整片整片的、挂满金色穗子的天然水稻。他在那儿待了整整 7 天。每天割下一个稻穗，剥开它上面的一颗稻谷。他仔细观察米粒的外观，闻闻它的气味，尝尝它的口感。如果是颗粒饱满、色泽白润、气味芬芳的米粒，他便留下那个稻穗。他从成千上万个稻穗中挑选出 100 多个这样的稻穗，将上面的稻谷收集起来，装进布袋中。

他回到家中，用木头和铁制作了铲、耙、锄、镰等农用工具。带着这些工具，在那片长有天然水稻的野地里，他平整出一片田地，将收集来的稻谷撒在上面。等到稻苗长出来后，他又时不时地除去杂草。

经过两年的筛选和培育，衮虞家附近的那片野地全部变成了农田，长出的稻谷大获丰收，亩产量显著提升。脱壳后的大米，经水煮熟，便香气扑鼻，软糯温润，非常好吃。

他如法炮制，找来不同性状表现的棉花，将它们种在田里，观察它们后代的表现，选择棉纤维又长又白的植株，然后大规模种植。

作物种植不仅仅限于水稻和棉花。衮虞还培育了油菜和大豆。他将油菜籽或大豆进行压榨，生产出菜油或豆油。这些植物油，不但可以作为食物,还可以作为燃料。他因此还发明了油灯、火把。

他把作物种植技术教给了家人，教给了附近的邻居，后来逐渐推广到所有的克特里人。

山上的野猪经常到田里来吃谷物，这让家人们辛辛苦苦种的水稻损失很大。衮虞便和兄弟们一起在山林里捕猎野猪。有一次，他们打死一头母野猪后，还找到了它的一窝猪仔。他们将死母猪

和猪仔带回家。过了几日，家人们煮着吃完野母猪后，就准备吃那窝猪仔。

"我们把野猪仔养大后再吃。"

衮虞拦住兄弟们，不让杀小猪仔。

"你把它们养在身边会很危险。"

他的兄弟们觉得这些小猪仔长大后，会变得很凶猛，特别是它们的獠牙。

"我们做一个粗木围栏吧。"

围栏做好后，衮虞就把小猪仔放在里面，喂它们稻谷。

"我们自己吃都不够，还给野猪吃。"

兄弟们不乐意。

"我们去找野稻谷来喂它们。"

过了半年，衮虞把野猪仔喂大了。这些成年野猪果然很凶猛，经常冲击围栏，兄弟们整日提心吊胆，生怕它们冲出来伤到自己。

衮虞让野猪不停地更新换代。只要猪仔断奶后，就把它们单独圈养，与父母隔离。兄弟们发现，经过几代后，成年野猪改变了习性，整天趴在地上，不再四下乱撞乱拱。它们再也用不着到处刨地，寻找食物，长长的獠牙也慢慢退化，最后消失了。

"兄弟们，野猪变成了家猪。"

兄弟们看见衮虞走进围栏里，都替他捏一把汗。

"你们看，它们很温顺。你们快进来，我们抬一头去杀了吃。"

听衮虞这么一说，兄弟们大着胆子，走进围栏，七手八脚绑了一头家猪，抬进厨房里。家猪白白胖胖的，煮着吃起来，肉香四溢，口感嫩滑，油汤肥美。

有了圈养野猪的经验，袞虞和兄弟们又试着圈养野牛、野马、野羊。他们成功地让它们变成了家畜。袞虞发现，牛和马的力气很大，就试着训练它。他用鞭子不停地抽打牛，让牛学会了耕田。他还用鞭子不停地抽打马，让马学会了拉车。他甚至还能骑着马在山林里飞奔，这更让大家惊叹不已。

在他的指导和传授下，克特里人又学会了家畜饲养。

在一次捕猎过程中，袞虞的父亲反应慢了些，不幸被老虎咬伤。虎牙将他的大腿咬出了一个深深的洞，鲜血不停地往外流。袞虞连忙抽出布带，将伤口紧紧地捆扎。

"兄弟们，赶紧做个担架，把父亲抬回家。"

"没用了。只要被老虎咬了，就活不成了。"

父亲想要放弃。受了这样严重的穿刺伤，一般会高烧，伤口会腐烂，腐烂还会蔓延，最后注定是一死。

"袞虞，我们走吧。"

兄弟们准备将父亲弃之荒野。遇到这类事，丢弃是克特里人惯常的做法。

"我有办法救活他。如果成功了，你们以后被老虎咬了，也不用在这儿等死了。"

兄弟们想想也对。在袞虞的指导下，他们做了一副担架，将父亲抬了回去。袞虞留在山林里，寻找薄荷。

等袞虞赶回家时，父亲果然高烧不止。袞虞连忙让姐妹们打来深井里的凉水，蘸湿布巾，敷在父亲的额头上。

"你们看着父亲，轮流换布巾。"

袞虞嘱咐姐妹们，要不停地给父亲降温。

"我们一起把它捣碎。"

兄弟们将衮虞收集来的薄荷叶放在石缸里，拿着木棒用力地捶捣。很快，薄荷叶变成了绿色的稀泥。衮虞将薄荷泥敷在父亲的伤口上，用棉布紧紧地包裹好。

很快，父亲就不再发烧了，伤口也在慢慢愈合。家里人感觉这一切实在是太神奇了。他们心怀感激，也心怀钦佩。

衮虞开始寻找治疗各种疾病的药物。他在山林里观察各式各样的草叶，将它们揉碎，放进口里细细地咀嚼，专心地品味，静静地感受。

他品尝的草叶很多时候难以下咽。他好几次因服用草叶差点丧命。非常难受时，他便大量喝水，避免中毒太深。

冒着生命危险，他找到了很多可以药用的植物。他告诉人们，当出现不同疾病或疼痛时，应该如何使用药用植物。他的医术让患病的人们药到病除，而不再是痛苦地等死。

渐渐地，S洲有了越来越多的医生，有了越来越多的医药。

衮虞的一位兄弟，刚刚开垦了一片田地，准备来年春季种上水稻。等到春季来临，却发现邻居家侵占那片田地，在上面种上了油菜。

矛盾就此产生。双方发生了打斗，这位兄弟打死的是对方长子。很快，一对一的打斗，立即变成了家庭之间的群斗，再后来发展成家族之间的战争。

等衮虞从山林间采药回来时，家里一片哭声。五个兄弟，因为家族间的战争，死去三个，实在是让人痛心。不仅仅是自己这一家，几乎家家都是如此。

衮虞在家族间奔波，告诉大家不能再继续厮杀，那样的话，所有的人都活不了。他规定，以后开垦新田地，必须向族长报告。如果再有人侵占新田地，族长就要主持公道。当所有的人都反对的时候，个别人就会老老实实服从。衮虞的这个规定很有效。那家人乖乖地退还了田地。

衮虞通过这件事，便成立了国家。在36岁那一年，衮虞宣布自己为国王。他任命了族长，成立了协调机构，制定了各种各样的制度。S洲，克特里人以家庭为细胞，以家族为单位，形成了农耕社会。

衮虞依据生产生活的需要，发明了各种物件。用木材和铁制做出让牛耕田的犁，用牛皮制成可以稳坐在骏马上的鞍。他发明了轧棉机和织布机，让纺纱织布变得轻松快捷，纺出的纱更细更长，织出的布更薄更致密，也更结实耐用。他在山上寻找各种色彩的矿石，发明了矿物颜料，用于各种各样的装饰和标记。

衮虞将铁矿石破碎，放进土灶里煅烧，得到生铁。克特里人在生火的时候，会鼓着腮帮向火苗吹气。他依据这种现象，制作了鼓风机，提高土灶里火焰的温度。为了进一步提高火焰温度，他寻找到了煤。他用燃烧的木材点燃煤，再用燃烧的煤来冶炼铁矿石，进一步提高铁的纯度。他不停地锻打这种铁，制造出锋利的、闪闪发光的钢制长刀。

15年里，在他的言传身教下，克特里人学会了种植、饲养、冶金、医药、纺织、政治、法律等方面的技术与知识。他们的衣食更加充足，生产更加高效，生活更加舒适。他们的寿命也有延长，平均寿命由15年前的40岁提高到50岁。所有的克特里人对他

心存感激，顶礼膜拜，衷心拥护，还尊称他为"圣人"。

克特里人并不知道，袞虞这么伟大，是缘于有高人指点。

袞虞15岁那年，开始沉迷于一个传说。传说他们的祖先是乘坐径犹号穿梭机来到这儿的。袞虞不知道"径犹号穿梭机"是什么。他离家出走，寻访知道答案的人。

经过三百多年几十代人的口口相传，"径犹号穿梭机"究竟是什么，其实已经没有人知道。袞虞即便找到口述传说的人们，他们也只是照本宣科，并不理解这个词语的含义。

袞虞并不死心，固执地继续游历，寻找答案。他相信终有一天，会弄明白它是什么。他觉得弄懂它，将会有重大意义。

有一天，他来到一座高山脚下，那儿的人们正在议论山上出现了一个怪物。他决定去看一看。历经千辛万苦，他喘着粗气，克服高原反应，在海拔5000米的高山上，找到了这个怪物。

当爬到这个怪物跟前时，尽管他已经气喘吁吁，精疲力竭，但仍被它深深地震撼了。他不知道这是个什么东西，但在内心深处，他觉得这是一个伟大的东西。他想知道这是什么东西。一旦他了解了这个怪物，那他必定是一个伟大的克特里人。

他转身爬下山，逐一询问常年住在山脚下的克特里人。他们告诉他，这个怪物来自附近的一个大洞穴。除此之外，并不知道更多。

袞虞又回到大怪物旁，这次高原反应要轻一些。他耐心地坐在地上，昂头盯着大怪物看，一看就是一天。

在第七天的晚上，天空升起了阿维罗卫星。这是一个"满月"。

它悬挂在空中，明亮皎洁。山间微风拂面，让袞虞心旷神怡。

大怪物突然明亮起来，轮廓线发射着淡淡的蓝色光芒。弧形的表面突然凸出一个长方形的门，向外翻开。里面的光芒涌现出来，衬托出一个曲线曼妙的身影。

身影从门口跳了出来，走到袞虞面前。袞虞在"月"光下，看清楚了眼前的身影。她是一个女人，全身被黑色的"布"紧紧地敷贴着。眼睛部位被一层"水膜"覆盖，可以看到里面有一双灵动的大眼睛。

"我叫阿彩。"

她看着他。

"你一直住在这里吗？"

袞虞愣了好一会儿，指了指她身后的怪物。他没有想到，这个怪物里住着人。

"是的，它是径犹号穿梭机。"

阿彩的语言和袞虞的语言，都是来自亚诺社会。在夏当上经历了三百多年，他俩的语言虽然有些差异，但总的来说是相通的，交流起来并不困难。

"呀！原来径犹号穿梭机就是它呀。"

袞虞终于有所理解那个传说表达的意思。克特里人是乘坐它来到这里，她也是乘坐它来到这儿，那他们的祖先应该是共同的。想到这儿，他对她有了亲切感。

"你叫什么名字？"

"我叫袞虞。"

"你的智商很高。"

阿彩在径犹号穿梭机上也观察他很久。

"什么是智商？"

阿彩没有回答衮虞的这个问题，而是牵着他的手，带着他登上了径犹号穿梭机。

"我会教你亚诺文明起步阶段的重点知识。"

自从父亲离晴和母亲绮照相继去世，已经三年了，求救信号一直没有中断，却没有收到任何回应。也许太空岛早已不存在，沐重他们也已作古。她知道，自己的生命毕竟有限。她是最后的特梅尔人，她的生命一旦结束，就意味着亚诺文明彻底终结。

从衮虞看着径犹号穿梭机的神情可以知道，径犹号穿梭机也会成为一个历史遗迹，不会有人知晓这个历史遗迹的来龙去脉。

阿彩脱去了防范夏当病毒的连体防护服，露出了真面容。在衮虞看来，她是一个20来岁的女人，和克特里人并无差异。但是她皮肤非常细腻，也很有光泽。比起在野外生活的同龄克特里女人，仿佛就是仙女姐姐。

衮虞心里升起一种莫名的神圣感。他虽然不太懂仙女姐姐的这句话，但是"亚诺"这个词，他并不陌生。在传说里，他们的祖先就是来自"亚诺"。

"它是什么？"

衮虞眼睛盯着连体防护服。

"它是一种衣服，但和你穿的衣服不一样，它不是棉花做的。我现在穿的，是棉花做的。和你穿的，大同小异。"

阿彩已经换上了一套白色棉质居家休闲服。离晴一家人，除了出门穿连体防护服，居家的衣服款式就这一种。

"是不是出门就穿这套黑衣服？"

阿彩暗自佩服他的观察力。衮虞虽然啥都不懂，但确实聪明。他能马上明白，黑衣服是出门穿的，白衣服是居家穿的。

"你听好了，从现在起，我会每天给你上课。在上课时间，你可以提问。其他时间，你就是吃饭睡觉，不许提问。"

阿彩知道，眼前的克特里人在经历300多年的原始生活后，已经脱离亚诺文明太久。衮虞进入径犹号穿梭机，就是进入一个崭新的世界。聪明人的一个显著特点，就是好奇心重。如果由着他提问，那会变成东扯西拉，既没有系统性，也没有效率。

阿彩已经制定了完整的教学课程，有计划有步骤地传授知识，让亚诺文明像种子一样，在他的头脑里发芽。如果教学计划实施顺利，亚诺文明就可以依靠克特里人的发展而得到重建、延续。就算克特里人可能没有能力达到现今的水平，起码也可以打上亚诺文明的标签。

6年的时间过得很快。当衮虞走出径犹号穿梭机时，看到它的身上落满了灰尘。这让大怪物看上去更像是来自本土世界，而不是来自外星世界。

"它可以工作15～20年。你有什么疑问，可以通过它来问我。"

阿彩递给他一个用锦囊包裹的对讲机。

"不要来找我，也不要提起我。要让他们当你是圣人。"

交代完最后一句话后，阿彩关上了舱门。衮虞看着径犹号穿梭机突然嘶吼起来，大地随之颤动。它缓缓开进洞里，接着洞口坍塌，仿佛在夏当的世界里消失了。

衮虞出山后，用了15年的时间，实现了阿彩的嘱托，成为

克特里人的国王，成为他们的圣人。

在此期间，为了掩饰他与阿彩的联系，他发明了宗教，发明了祈祷。他对着锦囊跪地磕头，嘴里念念有词，说着克特里人不懂的话语。这是他在径犹号穿梭机里学到的一种亚诺文明曾经使用过的语言。这是阿彩和他的约定。通过对讲机，他们之间就说这种语言。

锦囊里的对讲机刚开始时，比较灵验。当衮虞祈祷完后，锦囊必定会传来噼里啪啦的语音。衮虞便对在场的克特里人布道，这是神的旨意，他是神的化身。现场的克特里人便学着他的样子，跪地磕头，大声欢呼。

在衮虞36岁当上国王以后的岁月里，阿彩的响应越来越少了。即便对讲机的使用年限已经到期，衮虞的祈祷仍不停歇。他随即发明了"灵魂"。他向虔诚的信徒解释，他每次祈祷，都是与神在进行灵魂交流。

等到衮虞在82岁死去的时候，他又发明了"天堂"。他宣布，他的使命已经完成，他将去天堂面见他的仙女姐姐。这是他出山以来，第一次提及阿彩。克特里人这才知道，原来他们的神是一位年轻貌美的女人。

衮虞在阿彩的帮助下，跨越奴隶社会，直接进入农耕社会。不过，这不全是阿彩和衮虞的功劳。亚诺克特里人来到S洲，或多或少地带来亚诺社会的知识文化。基于生存和生殖本能，他们杀戮和融合并存，将土著克里特人的部落原始社会，直接变成以家庭为单位的，有着语言、文字、铁器等等文明符号的半原始半农耕社会。

阿彩意识到，这样的社会已经具有了发展农耕文明的必要基础，只是缺少一个聪明人，一个国王。当衮虞出现时，阿彩很欣慰。她决心传授他知识，让他进一步教化新克特里人，将他们的社会印上亚诺文明的标签。确切地说，印上亚诺农耕文明的标签。

圣人衮虞死前，又出现了一个聪明的人。衮虞有了接班人，心里感到很踏实，不再担心自己死后，克特里人会渐渐退回到原始社会。衮虞悉心培养接班人，让他成为一名合格的国王，一名合格的圣人。

他的接班人叫符田。在他死去后，符田顺理成章地成了克特里人的国王。人民尊敬地称他为符田圣人。他继承了衮虞建立起来的农耕社会。

在夏当行星上，只有 S 洲出现这样的情况。而在 A 洲，那儿居住着土著特梅尔人，他们仍然处于部落原始社会。在夏当行星其他大陆，也就是亚诺人标注的 N 洲、D 洲、F 洲和 J 洲，没有夏当黎猿，也没有像特梅尔或克特里之类的人，自然不存在文明和社会。

S 洲技术与社会制度的全面创新，带来生产力水平的跃升，也极大地丰富了生产资料和生活物资，克特里人口得以持续增加。等到符田死的时候，克特里人口由衮虞时代的 10 万左右，已经增长到 20 万左右。

按照 10 万左右人口出现 1 个圣人的比例，此时的克特里人相继出现 2 个圣人。他俩叫弥轲、巷旌。符田悉心培养他们，让他们成为国王，分别管理着 10 万左右的克特里人。

符田临死的时候，将 S 洲从南到北划出一条界线。以东的部分称为东国，归弥轲国王管理。以西的部分称为西国，归巷旌国王管理。

从亚诺克特里人踏上 S 洲之时算起，经过 600 多年的发展，S 洲的克特里人增长到 200 万左右人口，按照一个国王管理 10 万人的标准，形成了 20 个国家，也相应地有了 20 个国王。

人口增长必然引起土地资源紧缺，进而导致国家与国家之间出现不可调和的矛盾，进而导致战争。20 个国王都是聪明人，20 个国家也都势均力敌，在战争中谁也占不了便宜。他们只能坐下来一起商议，最后达成一致，成立合众国。

合众国的首领称为皇帝，由每个国家的国王轮流担任，每 5 年轮换一次。皇帝没有自己的土地和人口，也不事生产。20 个国家共同出人出物资，为皇帝修建一座皇宫，作为他的办公和生活场所。20 个国家还共同提供粮食，供他吃喝。提供人员，做他的仆人，供他差遣。国王在皇帝任期，他的国家交给接替他王位的国王代管。

皇帝拥有仲裁的职责，决断国与国的纷争。每个国王必须无条件服从。皇帝还拥有协调的职责。当一个国王因为天灾向皇帝提出救济时，皇帝可以下达命令，让其他国王予以支援。

随着人口规模不断地扩大，国与国的矛盾也越来越多，越来越尖锐。当国王们拒不服从皇帝的命令时，皇帝也拿他们没有办法。国与国之间难免又陷于战争。

国王们只能来到皇宫，与皇帝共同商议对策。最后，国王们同意合众国建立军队。国王们必须每年向皇帝提供战士、粮食和武器用以维持军队的规模及运行。皇帝的军队用武力来逼迫国王服从皇帝的命令。有了军队的威慑，皇帝的权威性得到巩固。

总有国王会在 5 年轮值期，利用皇帝的权力，做出偏向自己国家的决断。他的接替者，害怕皇帝的威权，往往会牺牲本国人的利益，讨好代管国的民众。等他上任当皇帝时，便会变本加厉地讨回公道。

国王们都是聪明人，很快意识到这也不是办法，便决定取消轮值制度。他们商定，实行终身制，皇帝可以一直干到死。他们又约定，一旦出现圣人，便将他作为皇帝人选，由国王们轮流培养。这种培养方式，可以保证圣人对每个国家都有感情。将来当上皇帝后，处理国与国的事务时，能够不偏不倚。

首个终身制皇帝被克特里人称为殇幻。他又被赋予一项新职责——必须抚育和培养圣人，确保他死后有合格的继承者。

克特里小孩过了 8 岁后，智力水平就停滞不前。国王们和皇帝将他们当成聪明的"牲口"使唤——可以教会他们干具体的活儿，但是不能指望他们出谋划策。而像衮虞、符田或者殇幻这样的圣人，在 8 岁时智力水平不会停滞，仍在提升。一旦过了 10 岁，自然就会表现出超过同龄人一大截的智力水平。国王们和皇帝很容易在 10 岁左右的孩子们中，发现聪明的圣人，将他作为自己的接班人培养。

殇幻之后是兀伐。兀伐刚上任的时候，整个 S 洲的人口已经达到 300 万左右，有 30 个国家和国王。每年土地上的物产总是有限的，已经满足不了克特里人的生存需求。国王们等到殇幻死去，不再把年轻的兀伐放在眼里，频繁发动战争。

即便兀伐皇帝有军队，也难有威慑力。在离皇帝比较偏远的地区，一旦冲突爆发，皇帝得到消息就晚了 3～5 天。等军队准备好前去平息，又得花费 30 多天。再等军队抵达战场，路途时间有可能长达 3 个多月。此时战争双方早已两败俱伤。如果相反方向，又有一个偏远地方发生冲突，等军队调转枪头赶到下一个战场，可能半年就过去了。

理论上，兀伐皇帝的军队是多国部队打一国部队，肯定能收拾任何一个国家。但实际上，当国家面临攻击时，国王要是指望合众国军队来帮助自己，那注定会是远水解不了近渴。国王们开始扣除向合众国进贡的军事开支部分，用来壮大自己的军队。

兀伐见到自己军队里士兵老的老，病的病，饿的饿，心痛不已。再这样下去，合众国的军队就散了，没了，甚至自己的地位也难保。如今各个国家都在叫穷，眼睛都盯着别的国家，总想着从别的国家捞点儿什么，偷点儿什么，抢点儿什么。要想让这些国家继续养着合众国，养着皇帝，继续供养他的宫殿、军队、职员和仆人，估计很难办到。合众国制度、皇帝制度，迟早会终结。

兀伐苦思冥想，终于眼睛一亮，想出了办法。S 洲之外是海洋，海洋之外又是什么？根据衮虞时代的文献记载，S 洲以外还有大陆，最近的大陆是 A 洲。去那儿看看，说不定能找到丰富的资源，说不定还能建立自己的领地，统治更多的国家。兀伐想到这儿，立即召集国王们前来商讨。

国王们听了皇帝要找新大陆的主张，眼睛一亮，随后又暗淡下来。大家心里都明白，这是兀伐在要份子钱了。出海寻找新大陆，这得花多少人力物力？仅凭一国之力，那是天方夜谭。就算大家拿出全部的家当，合伙凑份子，也远远不够。再说了，这件事太冒险，也不知道啥时候能找到。找到了，也不知道新大陆长啥样，有没有利用价值。

不过这个题材实在太刺激。国王们嘴上批评意见一大堆，内心却激动不已，最后还是决定提供五年的人力物力，由兀伐组织实施。

国王们和兀伐约定，这五年暂时免除战争责任和义务。也就是说，国家之间的战争，打得天翻地覆，合众国没有责任和义务干预或平息。兀伐也不必决断或协调国与国的纷争与矛盾。皇帝其实就只有一个职责，专心寻找新大陆。

在S洲烽火连天的六年时间里，也就是兀伐登基执政的六年里，寻找新大陆也不是当初想象的那么难，那么花费人力物力。兀伐制作了被阿伦称为"香蕉"的海船，用来在海上航行。

兀伐对衮虞时代，特别是衮虞亲笔书写而成的文献，深有研究。文献里，衮虞提到了一种从头到脚的连体防护服。也就是阿彩走出径犹号穿梭机时穿的那个连体防护服。兀伐依着葫芦画瓢，制作出黑色连体防护服，可以从头穿到脚，只露出脸部。他将它当作战士们的军服，也就是阿伦眼中的"蛇皮"。兀伐还精心打造一批钢制弯刀，装备给每一个战士。这便是阿伦眼中的"杀人弯月"。

兀伐得意地看着重新装备后的军队。一个个战士身着统一的黑色军服，腰间佩戴统一的精钢弯刀，齐刷刷地站立在那儿，杀气腾腾。他正式命名这支军队为黑月军。他带领着黑月军，一往无前地向着海洋进发。

经过一次又一次的失败，在第 5 年的年尾，兀伐带着他的一小部分黑月军，又踏上了征途。这是最后一次出海，只能成功，不能失败，不找到新大陆，宁可葬身海底，也绝不返航。

兀伐的海船，在海上航行了一个多月后，幸运地来到 A 洲西海岸。沿着海岸线，从北到南航行了 1000 多千米，兀伐心里确信，这一定是新大陆。

在沿线航行中，兀伐看到的全是陡峭的山崖耸立在海水中，只有一处是平缓的沙滩。沙滩从北到南只有 10 多千米长。他选择抛锚登岸。

一踏上沙滩，兀伐放眼望去，群山延绵不绝，心里不由大喜。从这儿，他带领黑月军深入到山区 500 千米。在一座高山之巅，兀伐向东望去，仍然是连绵不绝看不到头的山峦。兀伐更加确信无疑，这真是一片新大陆，一片比 S 洲大得多的大陆。

兀伐终于在第 6 年的年中，找到了 A 洲新大陆。这片登岸的沙滩，被他称为"圣战关"。

在返回的路上，他命令黑月军进行仔细的探寻。他们成功地收集了大量的动植物品种，成功地捕获 11 个迷失在山区、快要奄奄一息的夏当特梅尔人。他们满载而归，得到盛大的欢迎。国王们围在兀伐身边，聚精会神地听着他的冒险经历。

接着，国王们在兀伐的带领下，认真观察特梅尔人的言行举止。他们发现，这些特梅尔人虽然落后，虽然原始，但是智力一点儿也不比国王们差，甚至个别的人比他们还更聪明。这些特梅尔人如果放在克特里人当中，全都可以成为国王或皇帝。不知道这样的特梅尔人有多少。如果他们个个都是聪明人，那这样的种群太可怕了。

"我们会成为他们的奴隶。"

兀伐刻意表现出忧心忡忡的样子，内心里希望得到国王们的赞助。

国王们一致认为，不能让特梅尔人踏上 S 洲，不能让特梅尔人学会克特里人的技术和知识。一旦他们从原始社会发展到农耕社会，就会很快超越克特里人，那将带来克特里人的灭绝，而不仅仅是克特里人成为他们的奴隶。

国王们最终和兀伐续签了第 2 个 5 年期合同。他们会继续提供人力物力保障。他们要求兀伐皇帝立即处死这 11 个特梅尔人。不仅如此，为以绝后患，他们要求黑月军必须前往 A 洲，趁着特梅尔人还处于原始状态，干净利落地清除这些异种人。只有全部清除了特梅尔人，才能真正占领 A 洲。

7. 阿伦纪元前 3 年

阿伦在"香蕉"的船舷边，看着无尽的海天一色，心里想着，四周全是海水，难道这就是世界的尽头？

在夕阳落入海中的那一刻，西边的世界尽头终于露出了一个小山峰。同行的黑形人不停地欢呼。"香蕉"朝着小山尖驶去。阿伦眼里，小山尖越来越高大，变成了巍峨的群山。这是一块新陆地。原来所谓的世界尽头还有一个新世界。

在一个多月的航行里，他始终默不作声，让大家以为自己是哑巴，这样就很容易被人忽视。尽管周边都是茫茫大海，他仍学会了很多东西。他初步掌握了克特里人的语言，明白了"杀人弯月"是刀，"蛇皮"是军服，"香蕉"是海船。

克特里人的身高普遍只有 1.5 米左右，但是也有 1.7 米左右的高个儿，那属于百里挑一的身高。阿伦费了很大的工夫，才找到一件较为合身的衣服，穿上后心里才踏实下来。阿伦在一群人中显得很高，如果衣服再不合身，就更容易引人注意。

阿伦能够踏上 S 洲，得益于黑月军战士们都是头脑简单的克特里人。这些战士只有 8 岁孩子的智力，察觉不了阿伦的军服不合身，也不会怀疑他是假冒的。他们更不会察觉出阿伦是在装聋作哑。不可否认，S 洲和 A 洲之间的往来船只，也为阿伦踏上 S 洲创造了条件。

在 S 洲和 A 洲之间的海洋，被亚诺人标注为 W 洋。从兀伐发现新大陆以来 3 年多的时间里，黑月军开着海船，载着战士和物资在 W 洋上来回航行。战士们会按照兀伐的要求，收集 A 洲大陆上的各类物资，比如木材、矿石、奇花异草、奇珍异兽等等，同时将 S 洲的物资运往 A 洲，补给驻扎在那儿的黑月军。

兀伐皇帝越来越频繁地派出 10 人一组的黑月军小分队，从山区西边深入到东边，悄悄地消灭特梅尔人。初冬是他们暗杀的最好时节。这个时候，大雪还没有覆盖万物，黑月军小分队比较容易找到特梅尔人居住的洞穴。只要找到洞穴，这种专业杀人小组就可以在里面毫发无伤地、轻轻松松地将一个族群尽数消灭。

兀伐登基以来 6 年多的战乱导致克特里人急剧减少，人们的物质需求也大幅减少。土地上的物产每年还是那么多，却相对丰富起来。人们的生存危机得到了大大缓解。当兀伐发现新大陆后，国王们又有了新大陆的预期，就不会再去打邻国的主意。S 洲逐渐回归和平。

在随后 3 年多的时间里，兀伐的船源源不断地运来 A 洲的物资。虽然算不上什么，但是仔细核算下来，除了能够保障兀伐和黑月军的用度外，还有剩余。这大大减轻了国王们每年的进贡。当某个国王提出受灾救济时，兀伐还可以赠予来自 A 洲的物资，慷慨地满足他的愿望。

国王们开始诚服于兀伐皇帝。如果不是他发现新大陆，和平不会这么早到来。他们决定举办一场盛大的庆祝会，以纪念兀伐

皇帝登基 10 周年。

兀伐皇帝希望亮相庆祝会时显得威武雄壮，打算组建一个护卫队。护卫队由 10 个身材高大威猛的战士组成，左右各 5 个分立在他身边。在庆祝会上，他去哪儿，这些卫士也跟到哪儿，显得威风凛凛。兀伐皇帝在 1 万人的黑月军里费力地寻找身材高大的战士，已经找了 9 个人，就缺 1 个。

阿伦踏上 S 洲新大陆时，正是兀伐皇帝登基 10 周年庆祝会的前一天。身材高大的阿伦随着黑月军战士们走进军营，顿时让兀伐皇帝眼睛一亮。他大喜过望，立即将阿伦编入护卫队。

"你不是黑月军战士。"

兀伐在庆祝会过后的第二天一大早，观察了阿伦好一会儿，怎么都觉得他和克特里人不一样。

阿伦默默地看着兀伐，嘴巴却一动不动。

真是一个哑巴呀，兀伐心里想着。昨天庆祝会上，10 个近身卫兵表现太好了。特别是眼前的阿伦，相貌堂堂，不怒自威，身材挺拔，肩宽腿长。兀伐决定留下他，作为自己的贴身卫士，除了睡觉，时刻跟着自己。

在皇帝身边的日子，阿伦有机会学到更多的知识。克特里人的所有书籍都是自衮虞时代以来，由历届国王和皇帝撰写的。他们主要的写作体裁就是日记，里面记载着每天发生的事情。他们一生的日记会编辑成册，封存 10 年后，便当作公开文献，供所有的人阅读。

克特里人的智力有限，不会写作，但会阅读。但是主要的阅读者还是国王和皇帝，以及他们的接班人。普通克特里人几乎不读书，即便需要阅读，也是读那些图文并茂的工具书，比如种田的、纺织的、养猪的……这些工具书，也都是国王和皇帝写的，或者他们的接班人写的。

兀伐皇帝有一个图书室，收藏着各类书籍。阿伦知道除了兀伐皇帝外，皇宫里的其他人员一般不会去图书室阅读。为了不被发现，阿伦只在兀伐晚上熟睡的时候，才会小心翼翼地溜进图书室，偷偷地阅读。这件事情要是暴露了，阿伦想都不敢想自己会落得怎样的下场。

3年的时光一晃而过。此时的阿伦心智大开。有关克特里人的语言、文字、历史和科技知识，他都已经掌握。他此时已明白，为什么仅仅10名黑月军战士，就能屠杀200多名哈贾族人。

黑月军成立之初，是由每个国家选取350名10岁的男童组成，一共有10500名。这些男童来到兀伐的军营里，每天接受各种军事训练。历经5年的培养，最终成为战斗力极强的杀手。无论在格斗技能上，还是在武器上，甚或在协同作战上，黑月军战士都要比A洲大陆上的特梅尔人强100倍不止。

在黑月军战士眼里，哈贾族人就是待宰的羔羊。回想起黑月军屠杀哈贾族人的情景，200多名哈贾族人死在10名黑月军战士手中，这是必然的结果。他相信，如果特梅尔人也能得到格斗技能训练、装备钢制弯刀、掌握协同作战技巧，同样能杀死那些黑月军战士。

阿伦开始思念起A洲的大草原。用克特里人的话来说，那是他的故乡。

这一天，兀伐在宫殿召集所有的国王开会。他坐在宫殿的正中央，后面站立着阿伦。所有的国王，面对着他，呈扇形坐着，一共坐了三排。兀伐详细介绍了黑月军消灭特梅尔人的情况。

"在我们踏上 A 洲之时，特梅尔人估计有 120 多万人。经过 6 年的时间，现在还有大约 60 万 ~ 70 万人活着。再经过 5 年时间，我的黑月军就能杀死全部的特梅尔人。我们都知道，特梅尔人比我们聪明，他们迟早会超越我们。趁他们现在还处于蒙昧阶段，必须尽快消灭！"

兀伐又在为又一个 5 年期合同做最后煽动性陈述，以期打动那些国王，得到他们的支持。

"5 年之后，我们就可以派大批大批的克特里人前往 A 洲。那儿的面积是我们这儿的 8 倍。我们每个人都可以占据很大很大块土地。"

兀伐最后抛出诱饵，结束了自己的演讲。

阿伦一直不知道黑月军屠杀哈贾族人的缘由，现在终于明白，哈贾族人，还有草原上生活的大大小小族群，都是特梅尔人。眼前这些国王们，之所以痛下杀手，原来是内心害怕特梅尔人。

阿伦听到这儿，顿时信心大增。兀伐皇帝想要实施种族灭绝计划，必须予以阻止。必须尽快回到大草原上，向年轻人传授黑月军的战斗技能，并将所有的特梅尔人团结起来，齐心协力，做好战斗准备。

阿伦每天都在等待着合适的逃离机会。这样的机会终于来临。兀伐皇帝的演讲赢得了国王们的积极支持，又一个 5 年期的合同得以签订。

经过 1 个月的准备，兀伐下达了命令：所有的黑月军战士立即前往海边集结，尽数登陆 A 洲，赶在冬季第一场雪来临之时，深入到山区的东部，大举消灭在洞穴里避冬的特梅尔人。

3 个月后，一名黑月军战士从海边回来向兀伐皇帝报告，黑月军绝大部分已抵达 A 洲，仅剩 20 个战士待在最后一艘海船上，等待兀伐一同前往。兀伐听完黑月军战士的汇报，命令这名战士和阿伦明早跟随他一起出发，前往海边。

这天夜晚，阿维罗卫星悬挂空中，又大又亮，照得天空没有一颗星星。这是一个月朗星稀、秋高气爽的夜晚。阿伦径直走进兀伐的卧室，来到床前。兀伐刚刚躺下，立即坐起身来，瞪着眼看着他。

"你说的很对。我确实不是黑月军战士，我是特梅尔人。"

阿伦用克特里人的语言，回答了登基十周年庆祝会的第二天早上，兀伐皇帝曾对他说过的那一句话。兀伐惊恐地看着他，心里始终不明白，他究竟是如何混进黑月军的。

"我们不会死的，要死，也是你们死。首先是你死。"

阿伦面无表情，快速地拔出弯刀，一瞬间刀尖便抵在兀伐心口上，慢慢地、一点点地让弯刀扎入他的身体。兀伐双手紧紧握着刀刃，眼睁睁地看着它滑过掌心，钻进胸口，流出鲜血。

阿伦从死去的兀伐腰间摘下一块像扑克牌大小的金质方牌。这是令牌。有了它，就能发号施令。阿伦走出卧室，来到黑月军营地，查看一间一间空荡荡的营房，终于找到那名战士。趁他熟睡之际，杀死了他。接着，他来到马厩，骑上一匹骏马，消失在茫茫的山林里。他要尽快赶到海边，和最后一批黑月军战士一起，

搭乘海船,前往 A 洲。

阿伦能够果断地刺杀兀伐,是基于对克特里人的深刻了解。不仅仅是对圣人的了解,也是对普通人的了解。

除了圣人,普通克特里人只有八岁孩子的智力。在现实生活中,他们往往会表现得一根筋。他们会一根筋地认定,只有圣人才能当国王,而且圣人必须当国王。如果圣人不当国王,他们就会杀死他。

圣人一旦当了国王,他们就会顶礼膜拜,为他当牛做马,甚至献出生命。有一个典型事例可以理解这种顶礼膜拜。

曾经有一个国王,闲暇无事的时候,在山林间散步。路过一户人家时,看上这家的主妇。他一时兴起,便走了进去,宽衣解带,躺在床上,让她服侍他,陪他过夜。这位主妇没有觉得羞辱和愤怒,反而受宠若惊,万分高兴。这不是说主妇只有八岁孩子的智力,羞辱意识没有形成。如果换成其他克特里人,她会猛烈反抗,绝不屈从。事后还会因深深的羞辱感而号啕大哭。然而国王做出这种事来,主妇一根筋地认为,这不是羞辱,是临幸。生命都是国王的,身体又算什么。不仅仅是主妇,她的丈夫、她的全家人也都会感到无上的荣光。

一根筋的特点,也让克特里人理所当然地非常忠诚。国王之间会有各种各样的分歧,如果不能调和,必然演变成国家之间的战争。克特里人坚决拥护自己的国王,不惜牺牲生命,也要将战斗进行到底,绝不会出现叛徒和脱逃者。

对于国王们来说,这其实就是克特里人智力水平不高带来的好处。统治者并不希望被统治者聪明。被统治者的智力当然不能太低，像猪马牛羊那样肯定不好。那变成了国王养着他们。就像老百姓养牲口一样，国王们会累死累活，会非常辛苦。

被统治者只有八岁孩子的智力水平，这就恰恰好。克特里人可以养活自己，又可以成为干活儿的一把好手。干起活儿来一根筋，只知道把活儿干好，不知道谈报酬、谈福利、谈休息，这样的被统治者，当然统治起来就很省心。

事物总是有两方面。克特里人一根筋地誓死效忠国王，并不见得国王就可以为所欲为。有时候，一根筋会让国王无可奈何地放弃自己的初衷。尤其在继承王位这件事上，表现得十分典型。

曾有国王想到，如果自己的孩子也是圣人，那王位就可以传给他。圣人有男有女，自然地，国王也有男有女。在这样的想法引导下，就曾有过男女国王一拍即合，结婚生子。但是事与愿违，他们的孩子仍是普通克特里人，并不会种瓜得瓜，种豆得豆。这让所有的国王们都明白，哪怕夫妻双方都是国王，自己的孩子也得服从十万分之一的概率，成为圣人的可能性其实极为渺茫。圣人是不能遗传的。

在继承王位这件事上，还有国王不甘心，试图改成王位世袭制。他不想抚养圣人，总觉得那是别人家的孩子。更让人难以接受的是，他不但要悉心培养别人家的孩子，自己死后还要把王位传给他。

这位国王想尽了各种办法，试图在克特里人中灌输王位世袭制，甚至号召所有的国王共同推行这一制度。国王们当然觉得这个制度挺好，也都积极参与，努力向自己治下的克特里人灌输。

克特里人一见到他们的国王谈起这事，也都跪下来高声拥护。但是看到国王的孩子只是普通人，不是圣人，克特里人就会集体反对。

更令人尴尬的是，作为普通人，国王的孩子平时对待父王，从来就是俯首帖耳，低眉顺眼，卑躬屈膝。一旦遇到父王想让他当接班人，还要让他当上国王后把王位传给自己的孩子，就这样一代接着一代将王位传下去，他便表现出一根筋来，坚决反对。

国王反复做孩子们的思想工作，说尽了当最高统治者的好处，但最后也不得不举手投降，放弃初衷。国王只能自我宽慰：孩子们如此一根筋，王位即便强行传给他们，他们也会等父王死后，将王位拱手让给圣人——别人家的孩子。

一根筋会让国王肆无忌惮地奴役普通克特里人吗？实际情况并不是如此。每家的孩子都有可能成为圣人，都有可能成为国王的接班人，这反而促成国王抛开私心，将天下所有的孩子当成自己的孩子，把天下所有的家庭当成自己的家庭。

国王有了家天下的理念，也有了宽厚仁慈的胸怀。他自然而然地、尽心尽力地管理好自己的百姓，为他们谋福祉、谋平安。仔细想想，国王除了吃的好一点儿，穿的好一点儿，住的好一点儿，其实也没有什么特权。

皇帝也是和国王一样，享受这些特权也是应该的。这是克特里人遵从国王命令的必然结果。再说了，那些特权又能有多少开销？大家平摊下来，每年也不过是每人半天的劳作收获。

至于向皇帝进贡的军队物资，那确实多了一些。不过按照国王们的说法，皇帝的黑月军是用来消灭特梅尔人，因为特梅尔人是克特里人的巨大威胁。黑月军还可以平衡各国的军事力量，避免一个国家吞并另一个国家。克特里人虽然智商不高，这些道理还是能懂。就供养皇帝和黑月军来说，国王们真算不上盘剥克特里人。

自从兀伐皇帝发现新大陆以来，经过六年多的和平期，人口规模虽有一定程度的恢复，但是新的圣人仍然迟迟没有出现。大部分国王没有接班人。兀伐皇帝的接班人，也要依靠国王们去发现。他们自己都没有，更不可能给他了。

当阿伦抵达海边准备坐船时，国王们发现兀伐皇帝被杀，又没有接班人，便在一起商议合众国何去何从。一部分国王认为，国家有自己的军队，也有能力前往 A 洲新大陆消灭那儿的土著人，合众国已经没有存在的必要。现在又没有了皇帝，正是取消合众国的最佳时机，也是解散黑月军的最佳时机。

另外一部分国王也赞同取消合众国，取消皇帝制度，但是他们想要保留黑月军。兀伐皇帝的黑月军是专业化部队，不像国王的军队，战时集合，平时务农，其实就是业余的预备役部队。相比起来，黑月军的战斗力明显高于国王的军队。继续统帅黑月军，能够快速彻底地消灭新大陆的特梅尔人。他们的屠戮能力，已有六年多的实践检验，完全可以放心。他们会在未来五年中完成任务。等到那个时候再解散也不迟。

国王们有这样的分歧，归根结底，还是担心黑月军强大的战斗力会成为一种威胁。不像兀伐皇帝，他没有自己的领地和人民，他不事生产，他必须依靠国王们的供养，所以国王们不用担心，兀伐会带领黑月军来消灭他们。

如果由某一个国王来统帅黑月军，他的国家完全能供养。他的军队也完全能补给黑月军的人员损失。如果他是野心勃勃的人，必定会发动战争吞并其他国家。

这些国王们未来的命运，注定死路一条。因为克特里人一根筋，一旦战斗打起来，他们就会战斗到死。即便国王下令投降归顺，克特里人在以后的日子里依然会服从于他。这让战胜国的国王心里多多少少会有顾忌。最终的结果，只有这个投降的国王死了，事情才算了结。这些降民才会真正地服从于新国王。

国王们的意见不统一，只能见之于战场。支持解散黑月军的国王们和支持保留黑月军的国王们，已形成矛盾不可调和的两派，点燃了 S 洲的全面战火。那将是一个生灵涂炭的世界。

阿伦的初步计划已经实现。

8.吉历公元4831年

昌盛津的梦境纠缠研究并不顺利。沐重也加入进来和他共同研究。时间一晃过去了500年。这个时候,昌盛津和沐重的量子纠缠终于取得实用价值。

"这是一个场景。或者说,一个模拟的梦境。"

昌盛津指着屏幕。那上面显示他身着白色紧身衣,头顶紫蓝光环,在一座雪山上行走。

"我们通过量子广播,将这段梦境覆盖到A洲的大草原和山区。在清醒的情况下,人们是无法在脑海里呈现这个场景的。在睡眠时,量子纠缠的可能性大大增加。如果能够纠缠,这个场景就会出现在他的脑海里。我们的梦境就是他的梦境。"

沐重给大家讲解原理。大家默不作声,神情严肃地看着他俩。

"现在我们终于做到了。夏当的大草原上有一个人,在他睡眠期间,我们成功地诱导他做了一个梦,梦境就是这个场景。"

昌盛津再也憋不住内心的激动,说话的声音都有些变声。

"你怎么能知道有人做了梦?你去到他身边,他亲口告诉你的吗?"

施罗德觉得这是伪科学,昌盛津在糊弄大家。

"两个梦境就是两个量子态。他梦到场景，就是发生纠缠。纠缠一旦发生，量子间就会相互作用，量子态就会变化。我们这边的梦境必定会弯曲。在实验中，我们确实看到弯曲的场景。"

昌盛津的解释并没有让大家心悦诚服。可事实上，阿伦的第一个梦境就是屏幕上的这个场景。

"你们可以看看这段视频。"

沐重是有心人，整个实验过程录了视频。从视频回放可以看到，开始时场景没有变化，没过多久，便发生扭曲，变成一个似是而非的场景。梦境和现实既高度相似又有一些差异。有时，这种差异使得梦境很荒诞或者虚幻。

扭曲的场景仍然是昌盛津身着白色紧身衣，头顶光环，但是他的行走变成腾云驾雾。这看上去有些荒诞。考虑到昌盛津站在飞行云台上，那也确实像是在腾云驾雾。昌盛津和沐重认定这就是阿伦的梦境。

一段时间后，梦境突然消失，屏幕上又回到当初的场景。大家在看完这段视频的时候，并不知道阿伦醒来对他父亲说的话："我看见一个人，头顶光环。"大家要是知道这个情况，就会心服口服。

"我们俩的梦境会纠缠吗？"

薇欧拉略有不安地看着昌盛津。

"我和沐重之间反复实验了的，目前看来，梦境纠缠仪没法让我们的梦境纠缠。这可能是因为我们都是自发做梦的特梅尔人，自主意识太强，相互之间根本不容易纠缠在一起。"

其实，昌盛津在研发梦境纠缠仪的过程中，不仅仅是和沐重，还和太空岛上的每一个人都做过梦境纠缠实验，甚至还和辞孤这些蠕虫也做过。

"即便这个实验是成功的，那也就是将模拟梦境传递给他们。我们的真实梦境如何传递过去？"

宇归微微一笑，看着沐重。

"这好办。我们构思了意识提取仪。它有 2 个电极贴片，会贴在我们脑袋左右两边的太阳穴上。我们做梦时，这个仪器便录制我们的梦境。将意识提取仪和梦境纠缠仪连在一起，我们的梦境就可以传递给他们。其实，我们的梦境，也折射出我们的理念、我们的主张、我们的思想。这意味着所有这些意识都可以传递给他们。"

沐重讲得很兴奋，气喘吁吁的。

"那个做梦的特梅尔人，你们能找到吗？"

薇欧拉看见昌盛津和沐重不约而同地摇了摇头。

"有多个人同时梦到这个场景，你俩能知道吗？"

薇欧拉和施罗德一样，对这个实验很有些疑虑。

"这个没问题。我们的设备可以感知多个量子态纠缠。如果夏当那边出现多个人的梦境，我们会有多个屏幕显示，或者在屏幕上划分多个窗口显示。我们还可以在屏幕上用亮点来表示，亮点有几个，代表有几个人在做梦。"

"我们其实没有必要知道夏当上究竟是谁在做梦。只要他们像我们一样能做梦就行。这样，我们的种族，我们的文明就可以得到延续。"

沐重和昌盛津一前一后做出解释。

"可以一对一传输吗？"

"目前还不行。"

沐重明确答复迪奥。目前的研究成果，只能让梦境广而告之。

"继续努力，加紧研制出意识提取仪。"

流雄下达第三道命令。

昌盛津和沐重的这次实验，究竟是偶然的，还是必然的，他俩心里也不太确定。太空岛上能够生存的时间不多了，剩下200多年也就弹指一挥间。他俩一直承受着巨大的压力。他们之前只说实验还在继续进行，只不过是为了稳住大家，不想让大家像在亚诺行星上那样，再次陷入绝望。

对于沐重来说，在此之前，他过得十分煎熬。有一段时间，他真想对大家大声地说一句，实验失败了！他一次又一次，在忍无可忍的时候，还是强忍着把嘴边上的话吞回去。他的脑海里总会浮现出外祖父雷萨的身影。他愈加深刻地理解雷萨的所作所为。想想自己现在的隐瞒行为，在本质上，在初衷上，和雷萨又有什么差别？

他们在心里一直指望着这样的可能性。也许这并不是梦境纠缠仪不成功，而是夏当行星A洲大草原上，特梅尔人和克特里人一样，根本不做梦。或者说，就像克特里人里出现圣人一样，能做梦的特梅尔人也非常非常少，出现的概率非常非常低。如果是这样，那梦境量子广播这么多年对他们毫无作用，也是很正常的事情。

不管是什么原因，现在阿伦毕竟可以做梦，这一点让昌盛津和沐重已经绝望的心，又无限激动起来。昌盛津和沐重开始寻找这个能做梦的人。

他差不多每天都有梦境，让他俩一度怀疑这不是某一个人的梦。他们派出迹语号穿梭机，载着梦境纠缠仪，在黑夜里飞临草原上空，一块区域一块区域地进行量子广播。一旦梦境弯曲，便可以确定他的活动范围。慢慢地，他们跟踪上这个人，确信无疑在整个A洲大陆上，仅有这一人能够梦境纠缠。

他们知道，他的族人们叫他"阿伦"。而此时的阿伦，正一个人打头阵，只身前往山区寻找可以避冬的洞穴。

为什么只有阿伦可以梦境纠缠？这让昌盛津和沐重百思不得其解。仅仅因为他比其他人身材高一截吗？显然不是。他的父亲阿迪就没有梦境。在大草原上，每个族群都有像阿伦这样身材高大的人。这些特梅尔人也没有梦境。

当十个黑月军战士即将进入洞穴屠杀哈贾族人时，沐重将一个头顶光环的白形人突然变成一阵冷风，托梦给阿伦，从而惊醒了他。这让他躲过了黑月军战士的屠杀，保住了性命。

阿伦在沙滩上找到一件黑月军战士的军服，并成功地穿在身上，这也不是偶然的事情。这是头天晚上，沐重通过梦境纠缠仪，托梦告诉阿伦的。只是梦境弯曲，阿伦不再清晰地记得穿军服的方法。但是潜意识深处的梦境记忆，仍发挥着作用，引导着阿伦的行为，让阿伦经过无数次的试错，最终找到正确的穿衣方法。

之后的日日夜夜里，昌盛津和沐重，轮流制作模拟梦境，托梦给阿伦，特别是阿伦在兀伐皇帝的图书室偷偷摸摸阅读后，回到卧室里睡着时，梦境纠缠持续时间更长。阅读让阿伦的大脑消

耗了体内大量的能量，睡眠会更加深沉，这个时候梦境纠缠就会变得更敏锐，也更持久。

昌盛津和沐重将他们的知识、他们的理念、他们的思维融入梦境里，传输给阿伦，保留在他的潜意识里。阿伦大脑里产生的梦境越来越多，梦境扭曲也越来越严重，以至于昌盛津和沐重不得不学习解梦的本领，从而弄明白在梦境扭曲里，他们传输给阿伦的信息，到底有哪些是被阿伦接收到的。

在S洲三年多的时间里，梦境纠缠陪伴阿伦的生活，演变成师傅带徒弟的生活。昌盛津忙着其他的研发活动，阿伦的梦境纠缠工作，主要由沐重完成。沐重是阿伦真正的师傅。只是阿伦并不知道自己有师傅。在他看来，自己得道成仙是无师自通的结果。

昌盛津将研究精力转移到阿伦为什么是独一无二这个问题上。他必须弄清楚它。阿伦真的独一无二吗？他之后再无人能够做梦吗？如有可能，概率有多大？像克特里圣人那样，十万分之一的概率？

阿伦在风雪夜里，从洞穴出来，追踪黑月军没多久，映旗号穿梭机载着机器人便来到洞穴。机器人走进洞穴，在死人堆里提取哈贾族人的血液，也收集到了阿伦躲在巨石后时留下的皮肤碎屑和毛发片段。

昌盛津在亚诺人基因库里进行大量的DNA分析比对，终于发现阿伦是桑托斯的后代。这个发现让他大吃一惊。进一步的研究发现，高个子特梅尔人，无论男女，都是桑托斯的后代。

当年未来之耶号太空飞船上的那批人，只有桑托斯缘于个体差异性，也缘于机缘巧合，有了百毒不侵的免疫力，适应了夏当行星的自然环境，存活了下来，并将亚诺特梅尔人成功地保留在土著特梅尔人的种群里。这让昌盛津感觉到亚诺特梅尔人不依靠紫蓝光环也能抵御夏当行星上的病毒，也可以在它上面自由生存，只是这样的概率非常非常低。

桑托斯在 A 洲大陆上有后代这一惊人发现，让昌盛津开始集中精力分析这些高个子特梅尔人的特性。他们很有研究价值，因为他们是亚诺和夏当特梅尔人的混血儿。他做了统计，发现在土著特梅尔人群中，混血儿的数量大约占到 1%～2%，很均匀地分散在族群里，每个族群大约有 1～2 个。

之所以这么分散，主要是族群里的男女，都非常喜爱高个子特梅尔人。这些混血儿不仅仅个儿高，而且男的粗犷健硕，相貌堂堂，女的曲线丰腴，容貌美丽。他们是族人们垂涎欲滴、竞相追求的对象。面对僧多粥少的情况，族群的首领绝对不会让男女高个子特梅尔人在一起。他会占有女的，而把男的分配给他的姐妹们或者女儿们。

大草原上，特梅尔族群总是漫无边际地游荡。两个族群邂逅，首领之间喜欢馈赠混血儿。假如族群里有多的混血儿，首领只会占有一个。等到遇见没有混血儿的首领，便会将多余的混血儿，慷慨地馈赠给对方。如果双方各有一个，那就相互馈赠，你的给我，我的给你。

首领们的馈赠习俗，注定了男女混血儿不可能在一起生儿育女。昌盛津的 DNA 研究也证实了这一点，同时也找到了阿伦之所以唯一的答案。

阿伦是混血儿，他的父亲阿迪也是混血儿。他的母亲死得早，

在他脑海里没有任何记忆，昌盛津无法从阿伦的梦境中得知他的母亲是不是高个子特梅尔女人。但是比对阿伦和其他混血儿的DNA，他断定，阿伦的母亲也是混血儿。

昌盛津推测，阿伦应该是第一个父母都是混血儿的特梅尔人。他的父亲阿迪是哈贾族人的族长，这在阿伦的梦境中多次看到过。那他就是族群里最有权势的人。他占有混血儿女人，便是顺理成章的事情。昌盛津由此得出结论，只有混血儿之间产生的后代，才具有做梦的潜质。

昌盛津这一系列的研究成果，让他兴奋不已：亚诺文明已经具备在夏当行星上复兴的最核心条件——文明要不断向前发展，就必须要有一批能做梦的人。

"克特里人不会做梦，还不是实现了文明的跨越。"

在昌盛津的研究成果发布会上，胜影提出了质疑。

"他们的圣人确实很聪明。但是，他们不能做梦，注定了只会模仿，不会创新。"

宇归听见昌盛津这么说，不由得点了点头。如果没有人传授克特里圣人们更高一级的知识体系，他们也只能在阿彩传授给衮虞的知识框架下，对农耕文明有所发展，不会实现质的飞跃，发展出更高层级的社会文明。

回顾亚诺文明史，所有的文明进步，农耕文明、机械文明、电子信息文明、智能化文明……不都是特梅尔人开创的吗？克特里人只是在特梅尔人的引领下亦步亦趋，慢慢融入新的文明中。

"我们非得去夏当行星吗？"

"必须去。"

流雄盯着施罗德，眼神里有一种不容置疑的坚定。流雄向大家展示了魔方系统的太空岛能源分析报告。

"事情并不像我们想象的那么乐观。我们现在仅剩下 100 年左右的时间，而不是 200 年。"

流雄原本想解释一下其中的原因，想了想，没有继续说下去。解释得再清楚，也改变不了当前的现状。

"我们一直不希望夏当行星上的人知道我们的存在。"

"是呀！我们去夏当行星上，也可以让他们无法察觉到我们的存在。"

迪奥对于流雄的回答并不看好。短期内确实可以，只怕时间一长，就难保证了。

"夏当行星上，克特里人正在大规模地屠杀特梅尔人，不用几年时间，特梅尔人就会灭绝。"

昌盛津有意显得很焦虑。即便大家不去夏当行星，A 洲大陆上有阿伦，特梅尔人也不至于会灭绝。

"我们现在去，正是时候。初步估计，在 A 洲上，可能只剩下 7000～8000 个混血儿。如果将这些混血儿聚集起来，形成一个种群，是可以一代又一代，繁衍出像阿伦这样会做梦的后代。如果我们调控得好，避免 5 代之内近亲繁殖，这个种群不但能扩大人口规模，还能保证遗传质量。这是我们复兴亚诺文明的最佳时机。"

不用说，沐重也想去夏当行星。

"你们说的这些，在太空岛上，依靠梦境纠缠仪，我们也可

以做到，不一定非得要去。我们完全可以过完 100 年再去。"

施罗德仍然拒绝前往夏当行星。

"我计划驾驶太空岛前往夏当行星。我会将它降落在 N 洲，夏当行星的南极。和亚诺行星一样，那儿终年冰天雪地，非常隐蔽，也非常纯净。"

这其实是魔方系统提供给流雄的建议。

"前往 N 洲，需要消耗三分之一的燃料。到了 N 洲，太空岛的能源消耗会大大降低。剩余的三分之二燃料，就可以维持我们在南极 N 洲上生活 5000 年。不用到那时，我们就可以让夏当行星发展出高科技，我们就可以充分利用它上面的自然资源，我们可以永生永世地活着。"

迪奥和施罗德听流雄这么说，心里暗自思忖，前往夏当行星，仍可以待在太空岛上，也就默不作声，不再反对了。

"明天启航，前往夏当行星。"

流雄的目光逐一扫过大家。他看见薇欧拉微微地摇着头。

9.阿伦纪元元年

S洲大陆上的战火全面爆发，只是阿伦预料局势发展的诸多可能中的一个选项。依着克特里人一根筋的秉性，国王们分成两派，一旦点燃战火，那一定是死战到底的全面战争。这种可能性是存在的，如果真的发生了，S洲肯定会是生灵涂炭的人间地狱。

国王们毕竟是圣人，聪明绝顶，很快意识到S洲大陆上没有黑月军。争论是解散还是保留它，岂不是一场无中生有、毫无意义的分歧。大家冷静下来，重新回到兀伐皇帝的宫殿里，七嘴八舌地议论着当前的局势。

兀伐皇帝死在自己的卧室里，他的一名黑月军战士死在营房里。他的贴身卫士阿伦，大家找遍了S洲的角角落落，死不见尸，活不见人，没有一丝踪影。

国王们的讨论开始集中在卫士阿伦身上。兀伐被杀，阿伦是凶手，还是被凶手劫持走了？他一个哑巴，为什么突然杀死兀伐？如果阿伦不是凶手，凶手又是谁？

海边附近的克特里人，陆陆续续地向国王们报告了那天阿伦乘船的细节。

"从早到晚，只有一个黑月军战士去海边。他高大威猛，骑

着骏马。"

"他在海边高举着一块金牌。"

"他对着海船上的战士大声说话，我听到他说的一句话，兀伐皇帝派来的。"

"他上船后，船上的战士看上去对他很恭敬。"

"我站在岸边木桩旁。他说了一句，向 A 洲出发。我便赶紧解开了缆绳。海船就开进海里了。"

"这是最后一艘海船。之前有好多好多战士，他们坐着一艘又一艘海船去了海里边。"

……

国王们听到这些只言片语，心里就明白这件杀人案的大致情况。黑月军肯定都去了 A 洲。阿伦伪装成哑巴，其实会说话。他手里的金牌肯定是兀伐皇帝的令牌。他一定就是凶手。

种种迹象表明，这个凶手的所言所行，更像是一个圣人的谋略。国王们感到很疑惑，阿伦真是圣人吗？如果是的，在他十岁时怎么没被发现？他因此而记恨吗？他究竟和兀伐皇帝有何仇恨？如果不是克特里人，他会是特梅尔人吗？这也很有可能，特梅尔人确实很聪明。

阿伦装聋作哑，隐藏在兀伐皇帝身边长达三年之久，就是为了杀害兀伐皇帝，为那些死在黑月军刀下的特梅尔人报仇。假若阿伦是特梅尔人，自然会有谋杀兀伐皇帝的动机。

如果阿伦怀有种族灭绝的深仇大恨，那他现在前往 A 洲，与黑月军会合，就是一件让国王们非常担忧的事情。他会不会就此拥有整个黑月军？他会不会率领黑月军杀回来，夺取国王们的领土和王位，血洗 S 洲？

国王们讨论到这里，开始惴惴不安起来。兀伐皇帝被他骗了，也被他杀了，可见他的心智和城府比国王们，有过之而无不及。真要打起来，大家不一定是他的对手。国王们很快意识到，当务之急就是训练自己的军队，提升战斗力，共同防范阿伦与他的黑月军。

他们来到兀伐皇帝的图书室，那儿存放着历代皇帝的日记。兀伐皇帝才死不久，他的日记是封存的。按照规定，任何人不得阅览，只有等到十年之后才能解封。

国王们顾不得这个规定，破例打开了这些日记。在兀伐皇帝的日记里，记载有海船、钢制弯刀、战斗训练技能和群体协同作战方法等内容。这些内容也就是在衮虞留下的知识基础上，消化吸收再创新的成果。国王们动动脑子，终究也能想得出来。

尽管如此，大家对此如获至宝，欣喜若狂。现在能拿来直接使用，毕竟省了很多思考。更重要的，节省了时间。

抵御黑月军的各种战斗技巧与装备，都已有了着落。唯独有一个问题，国王们不得不面对。团结大家一致抗敌，就必须选取一个统帅来领导统领各国的军队，调遣各国的战争物资。这就需要恢复原来的合众国，恢复原来的皇帝制度，产生像兀伐那样的皇帝。

推选一位国王为克特里合众国的皇帝，最简单的方式就是国王们来一场抓阄，谁抓到了，谁就当皇帝。只不过，这个身兼国王的皇帝，在抵御外敌之后，很有可能拥兵自重，野心勃勃地图谋一统江山。等到那个时候，其余的国王们只能是死路一条。虽

然当皇帝的诱惑很大，但是大家都不愿通过抓阄来产生皇帝人选。30选1，概率实在太低，承担的风险太大，不是一件稳妥的事情。

还有那些等待成为国王的年轻圣人们。能否从他们当中，通过抓阄产生皇帝？有一个国王提出这个方案。只不过，这些年轻圣人们都是国王长期培养的接班人。从他们中产生皇帝，很难保证皇帝会公平公正。他很有可能听命于他的国王，成为一统江山的代理人。国王们纷纷反对，一致认为，这个方案同样风险太大。

只有等待S洲诞生新的圣人，让他来当皇帝，这才最好的方式。这在时间上有些说不准。也许等上三年五载，也不一定会诞生一个圣人。只怕还没等到那时，S洲就已被阿伦占领。大家苦思冥想，拿不出万全的方案。只能垂头丧气，回到自己的国家，等待即将来临的战争。

国王们虽然在皇帝人选上莫衷一是，但在军队建设方面，却取得了共识。国王们按照兀伐皇帝日记里的记载，效仿黑月军，一丝不苟地训练自己的军队。他们还约定，每个国家拥有的军队只能是1000人，不能多也不能少。

国王们必须派遣300名战士，参加每年一次的联合军事演习。大家应在兀伐皇帝的宫殿里，通过抓阄，随机产生一个国王作为临时统帅，领导这个9000名的多国联合部队开展联合军事演习。演习结束后，多国联合部队立即解散。

经过历年的训练，国王们渐渐对自己的军队充满信心。就单个战士来说，已和黑月军战斗力相差无几。再加上30个国家的总兵力达到3万人，是黑月军的近3倍。此时阿伦带着黑月军杀回来，完全可以不惧。

如果能打造海船，国王们就能率领自己的部队，到 A 洲大陆上歼灭黑月军，屠杀特梅尔人。那儿有大片大片土地，将他们都杀光，就可以肆无忌惮地占有它。国王们在皇宫里商议到这儿，都蠢蠢欲动，野心勃勃。

国王们纷纷赶回自己的国家，按照兀伐日记里记载的方法，开始砍伐树木，建造海船。当海船建造完毕时，国王们又陡然意识到，这么些年过去了，阿伦有的是海船，却没有带领黑月军杀回来。

阿伦可能自始至终就没打算回到 S 洲报仇雪恨，一举消灭克特里人。也许他前往 A 洲，只是想躲避国王们的追捕。国王们想到这儿，心里陡然轻松起来，斗志更加昂扬。既然他不敢回来，那就更应该过去瞧瞧。

国王们嘴巴上叫嚣得厉害，真要扬帆起航，却又迟迟不动。好在这个时候，S 洲诞生了一个圣人。所谓圣人诞生了，并不是说他从娘胎里出来，而是指他年满 10 岁。这个时候，所有的人都能一眼看出，他比同龄人聪明得多。

合众国又一次成立。克特里人举办了盛大的皇帝登基仪式。国王们称这个圣人为朵饪。按照以前的规定，朵饪应该 15 岁时才能登基。国王们认为，国家一日不可无主。不怕一万，就怕万一。A 洲的阿伦，很有可能不会侵犯 S 洲，但潜在的风险仍然存在。万一黑月军杀回来，只有皇帝牵头，才能够有力地带领大家共同抗敌。

年幼的朵饪皇帝登基后，暂时不能住在皇宫里。他需要轮流在每个国家住上一个月。每个国王都有义务，在他旅居期间，负

责他的衣食住行，负责他的教育，直到皇帝年满 15 岁。

等到朵饪年满 15 岁，回到皇宫独立生活、独立执政时，国王们终于迎来了兀伐皇帝那样的时代。朵饪皇帝同样没有自己的领地、没有自己的人民、没有自己的物资，全靠国王们供养。国王们可以很放心地将自己的军队交给他来统帅。

国王们甚至别出心裁，每年只将 350 名的战士交给朵饪皇帝。一年轮换一次，3 年之后，国王们的军队完成一次轮换。只有当进攻 A 洲的战争全面爆发时，国王们才会将自己的军队完整地交出来，供朵饪皇帝指挥。

在皇帝正式执政 5 周年之际，也就是兀伐皇帝被杀，阿伦重返 A 洲后的第 15 年春季，合众国召开首次国王大会。皇帝主持会议，召集 30 位国王一起共商国是。30 位国王的接班人，那些聪明的圣人们列席会议。

在会上，国王们认定，根据兀伐皇帝的记载，A 洲处于原始部落社会，生产力落后，生产资料和生活物资贫乏，没有能力供养这支军队。黑月军战士为了生存，只怕早已沦落成原始人，整天忙着捕猎野兽，采摘果实，没有心思，也没有条件天天训练。甚至在人员数量上，也会大大减少。

国王们由此得出结论，经过这 15 年，黑月军可能已经没有当年的战斗力。合众国派出 9000 人的军队，应该能够打败黑月军。国王们不想把赌注押得太大，交出全部的军队。如果这次出征顺利，再倾巢出动也不迟。到那时，国王们会亲自殿后，参与这场开创历史的、全面征服 A 洲的战争。

国王们最终一致主张，朵饪皇帝应该立即御驾亲征，率领

9000名战士，乘坐90艘海船，征伐A洲。

阿伦从皇宫里骑着骏马，一路狂奔，来到海边。近到海船前，他急忙高举着令牌。

战士们在海船上平静地看着阿伦翻身下马，登上海船。来的不是兀伐皇帝，而是阿伦，他们一点儿也不感到吃惊，也没有怀疑。一根筋的克特里人，见令牌如见本人，认定阿伦就是兀伐皇帝的化身。

整个航海期间，阿伦和黑月军的最后一拨战士们相安无事，顺利地抵达A洲。回想起上船时的情景，他暗暗窃喜。有了这次试验，阿伦终于放下悬着的心。待到A洲后，他注定会成为整支黑月军的统帅。这支黑月军将会死心塌地、忠心耿耿地听命于他，成为保护特梅尔人最强大的战争机器。

航行中的日子里，阿伦反复思考着下一步的打算。兀伐皇帝已经死了，又没有接班人，S洲的那些国王们会自相残杀吗？那儿会不会发生全面内乱？内乱会持续多久？

当国王们担心阿伦率领黑月军回来消灭他们时，阿伦却在担心国王们兴师动众，前来抓捕他这个杀害兀伐皇帝的凶手。

国王们都是聪明人，迟早会弄清楚凶手是谁。一旦发现阿伦是凶手，国王们就会停止内乱，转而齐心协力，派遣军队前往A洲缉拿阿伦。他们肯定也会预料到，黑月军将服从阿伦的领导。他们会对黑月军忌惮吗？

圣战关驻扎着1万多名黑月军战士。这些人该怎么养活？指望特梅尔人肯定不行。特梅尔族群的生产力很低，狩猎与采摘只

能果腹，不可能有多余的食物来供养这么庞大的军队。这些族群到处游荡，让他们停下来，待在一个地方专事生产，也不是一时半会儿的事。

黑月军必须自给自足。这些战士除了杀人，啥也不会。教会他们农耕技术，只怕得要一年半载才能有收成。等到那个时候，他们早就饿死了。杀人本领可以用来捕猎。看来只能命令他们在山林中捕猎，自己解决吃饭的问题。

战士们全都散落在深山老林里狩猎，万一克特里人的军队来了，如何快速召集他们？在狩猎过程中，他们很有可能不知不觉穿过山区，跑进大草原。对特梅尔人会不会有危险？

阿伦最焦虑的，当务之急应该尽快前往大草原，告诉特梅尔族人，克特里人想要灭绝特梅尔人的意图，告诉他们危险正在逼近。阿伦必须统领游离在大草原上大大小小、成百上千的族群，让他们听从自己的号令，团结一致，抵御克特里人的进犯。

草原上的特梅尔人天生不像山区里的克特里人那样彪悍好斗。他们只是捕杀动物，从没想过人类会自相残杀。必须抓紧时间训练他们，让他们学会杀人的本领。

可是阿伦只身前往大草原，这1万多名黑月军战士势必丢在这儿，没有人领导。克特里国王们只要仿照兀伐皇帝的令牌，依着克特里人一根筋的本性，很容易让战士们归顺。一旦出现这种情况，后果不可想象。

阿伦在航行中左思右想，始终没有一个万全之策。不知不觉中，海船已经抵达圣战关。

　　一踏上沙滩，阿伦就有了回到故乡的亲切感。从眼前的山峦向东 1000 多千米，就是他日思夜想的大草原。

　　突然间，阿伦感慨万千。一去三年，他觉得自己已经不是当初那个懵懂无知的阿伦，而是一个脱胎换骨、修成正果的阿伦。

　　如果说阿伦靠着自己天资聪颖，在兀伐皇帝的图书室里苦读文献，便可以得道，那就是太幼稚的想法。阿伦从没意识到，这三年多来，几乎天天做梦，才是他修成正果的关键。他更不可能意识到，这一切并不全是靠自己的努力。这里面更多的，是来自太空岛上亚诺人的帮助。

　　阿伦检阅了聚集在海滩上的黑月军。军粮所剩无几。阿伦心态坦然地举起令牌，高声号令黑月军战士们，在临海的山区安营扎寨。从海边向东 100 千米处，阿伦从北到南划出边界，禁止黑月军向东越过。

　　之前的命令，兀伐皇帝要求战士们一直向东进发，寻找并消灭特梅尔人。阿伦一点儿也不担心，黑月军的战士们会因为前后命令的矛盾而心生怀疑。只要兀伐的令牌挂在他的腰间，他就是兀伐皇帝。他料定，克特里人一根筋，所有的战士必定见牌如见人，毫不犹豫地执行他的命令。

　　阿伦安顿好黑月军后，迟迟不敢离开，整日里郁郁寡欢，纠结着是不是应该动身前往大草原。有一天清晨，阿伦闷闷不乐地漫步登上山头，眺望着刚刚浮出海面的吉瑟恒星。万道霞光的日出景象，让阿伦心情豁然开朗。他突然灵光一现，有了主意。

　　他立即策马来到军营里，从中挑选精锐战士 1463 名，将他们部署在圣战关附近的山头上。他命令精锐部队时刻监视着海面，

以防 S 洲的国王们率军队前来进犯。

接着命令 9000 名战士，一部分在山区捕猎各种野兽，收集兽皮，制作围裙。另一部分砍伐树木，制作木质弯刀。等这些工作完成后，阿伦命令所有战士们全部脱下黑色连体紧身衣，卸下钢制弯刀，穿上皮裙，佩戴木质弯刀。换下来的军服和弯刀，他让精锐部队全部搬到停泊在海边的 50 艘海船上存放。

他还教授战士们学习特梅尔人的语言。当社会是原始的，需要用到的词汇也是有限的。特梅尔人的语言其实很简单，没有多少词汇。克特里人智力虽然不高，但学习起来也并不困难。

准备完这一切后，阿伦骑着马，带领着 9000 名战士，越过禁止线，向东翻越一座座崇山峻岭，走进了大草原。

当特梅尔族群不期而遇这一支浩浩荡荡的队伍，特别是看到领头的阿伦骑着高头大马，威武不凡时，首领不由自主地率领全体族人，俯下身子，跪在地上，向阿伦磕头。特梅尔人从来没有见过这么庞大的队伍，更没见过有人能够驾驭骏马，让它老老实实载人前行。他们将阿伦视为真神下凡。

在阿伦离开 A 洲的这 3 年里，特梅尔人已经多次发现，整个的族群被杀死在洞穴里。大草原上，活着的特梅尔族群里弥漫着恐惧。首领们和当初的阿伦一样，不明就里，除了祈祷别无他法。

阿伦每遇到特梅尔人族群，便告诉首领，远在海洋的尽头，有一片称为 S 洲的大陆。这片大陆上生活着克特里人。他们的军队就是屠杀特梅尔族群的凶手。他对首领叮嘱，西边的山区随时都有可能出现他们的军队，必须小心防范。

他从自己的队伍里随机挑出3名战士，送给首领。他告诉首领，要组织族人向战士们学习杀人本领。他命令战士们和族群一起生活，务必教会族人们近身格斗和协同作战。

随着时间的推移，他的队伍越来越少，他的名声越来越大。在第3年的一整年里，阿伦再也没有碰到新的族群，随行的战士还有5970名。

阿伦送出去的战士是3030名，每个族群送3个，大草原上的族群数应该是1010个。凭着这3年的不完全统计，阿伦感觉每个族群大约有200～300人，因此整个特梅尔人的人口应有20～30万人。当年的兀伐皇帝显然是高估了。

洞阿族一直没有遇到。这3年里也没有族群首领见到过这个族群。他们极有可能像自己的哈贾族一样，被黑月军战士杀死在洞穴里。阿蓉姑娘肯定已经死了。阿伦一想到阿蓉已经不在了，心中不由得隐隐作痛。他暗暗发誓，特梅尔人不能再被屠戮了，必须加强防卫，提升战斗力。

阿伦立即下令就地解散队伍，再来一次派送。他让这些战士每6人一组，寻找特梅尔人族群。一旦遇到族群便加入进去，和之前的3个战士一起，训练族人，保护族人。如果遇到有9个战士的族群，就不要加入，继续寻找新的族群。

正当阿伦轻松下来，准备一心一意传经布道，教诲特梅尔人时，那些在族群里当教练的战士们，却惹出了麻烦。阿伦当初根本没有想到，他们的结局是这样悲惨。克特里人的国王们，虽然判断出黑月军战士会大量减员，但是没有料到，减员的方式竟然是被特梅尔人设计杀害。

刚开始的时候，这些战士被视为阿伦身边的人，被族人们当成圣人一样尊重。战士们训练族人们格斗和战斗，这些本领应用到围猎上，让族群收获丰厚。这就更让首领和族人们尊敬了。

时间一长，这些黑月军战士就暴露出种种缺点。他们行伍出身，除了打仗，其他一概不会。他们衣来伸手，饭来张口。等把族人们都教会了，他们更是无所事事。

没有阿伦在身边，他们谁的话也不听，胆大妄为，粗鲁好斗。除了一言不合就大打出手外，他们还忍受不了体内荷尔蒙的涌动，时常在族群里扑倒年轻女人，在她们身上发泄着自己的兽欲。

特梅尔族人觉得，年轻男女在一起欢爱，将会让族群添丁增口，这是好事。当首领看到那些女人顺利生下孩子时，一度非常高兴。自己的族群里有了圣人的后代，那必定也是圣人。只是没过多久，首领就非常失望地得知，这些孩子注定不会是圣人。男娃是阉人，女娃是石女，他们全都没有生育能力。

更令首领气恼的是，这些战士越来越放肆，越来越花心。到后来，居然今天晚上是这个女人，明天晚上又是那个女人。这样的行径彻底打破了特梅尔人的道德底线。特梅尔族群长期秉持的一夫一妻制遭遇到严重的挑战。

首领们在草原上不期而遇后，一谈起此事，都恨得牙痒，一致觉得必须根除这些战士。

"我的神！您身边的人，背叛了你。"

首领们只要遇见阿伦，说话时便会跪拜在他的脚下。

"告诉我缘由。"

"他们让我们的女人生下恶魔。我们的种群无法延续。这背叛了您的旨意。"

阿伦听到首领们细说这些战士的种种劣迹，不禁勾起了当年黑月军十人小分队屠杀整个族群的往事回忆，顿时恨得咬牙切齿。

"你遵照我的旨意行事。"

阿伦俯下身子，在首领的耳边轻声细语。

族群里的战士们仍然是游手好闲，我行我素。时不时地欺负一下温和的特梅尔人，根本感觉不到气氛不对，危险临近。

特梅尔人虽然温和，但并不懦弱。首领让年轻貌美的特梅尔女人三个人一组，在夜幕降临时，缠着一个战士，不断地索取他的性爱。一直到让他精疲力竭地沉睡，无论如何叫唤，都不愿醒来时，方才罢休。

等到族群里所有的战士都已沉睡，首领带着年轻力壮的男人们上场。他们用绳索紧紧地套在战士的脖子上，直到他们从睡梦中醒来，瞪着眼死去。

这样的方法，在族群的首领之间默默地流传开来，从没有出过差错。这是阿伦传授给他们的方法，特梅尔人不由得再次膜拜起他来。

首领在行动成功后的第二天早上，全体向着西方的群山，向着当年阿伦骑着高头大马走出群山的地方，一边五体投地，一边大声高呼："阿伦！阿伦！我们的神！"

阿伦神一般地出现在草原上，除了那些黑月军战士，所有的族人都看到，阿伦和族群里的高个子族人，长相和身材都非常相似。他们有了一种自己察觉不到，但又确实很强烈的心理暗示。

神来自高个子族人，或者高个子族人是神降生在草原上的孩子。这样的心理暗示无形中提高了高个子特梅尔人的地位。

阿伦在前往 S 洲之前，也知道族群里总有那么一两个身材高大的族人。那个时候，他没觉得这有什么好奇怪的，或者说，这没有什么特殊意义。

来到 S 洲之后，通过在兀伐皇帝图书室的学习，阿伦知道世界上有克特里人与特梅尔人之分。S 洲都是克特里人，A 洲都是特梅尔人。

阿伦下意识地感到，应该努力和高个子特梅尔女人繁衍，让高个子特梅尔人越来越多。只有高个子特梅尔人越多，特梅尔族群的整体水平才能快速上升，才能超越克特里人。

他住在一个个族群里教诲特梅尔人时，并不会在意高个子女人的年龄和长相，只要在生育期，便会主动和高个子女人示爱，和她发生关系。

首领们发现，阿伦只和一个女人发生关系，根本不像那些黑月军战士。他严格遵守着一夫一妻制。一夫一妻原本就是神的旨意，看到阿伦也在遵循，这让首领们心里更加踏实，更加确定他是真神。首领们已将他当作真神，自然愿意将自己的高个子女人献出，满足阿伦对女人的这一偏好。

高个子女人一旦和阿伦有了关系，即便阿伦丢下她，前往其他族群传授神谕，首领也不会重新占有她。她成了自由的人。她可以期待阿伦的再次光临，她也可以在期待中寻找喜欢的男人。而这样的男人，只会是高个子特梅尔男人。

时间一长，在阿伦的身体力行下，混血儿与混血儿生下的孩子渐渐地多了起来。阿伦作为特梅尔人的神，此时并不知道这意味着什么。当然，在太空岛的沐重他们，自然感到欣喜万分。

散落在族群里的黑月军战士都被消灭掉后，阿伦猛然意识到，他的黑月军仅仅只有驻扎在海边、看管海船、监视海面的 1463 名战士了。

鉴于黑月军战士的本性，仅剩的这支部队作为阿伦的护卫队，像兀伐皇帝那样，带在身边，走到哪儿跟到哪儿，既显得威风凛凛，更重要的，也便于管束。阿伦转念之间又否定了这个打算。自己是特梅尔人眼中的神，应该是无所不能的，还需要卫队保护自己，那岂不是自相矛盾、自露马脚？

有一个更重要的任务需要这些战士们去完成。阿伦命令他们组成一个个 10 人小分队，分批次向东潜行，袭击那些在山洞里刚刚落脚，准备过冬的特梅尔族群。他要模拟当年兀伐皇帝的做法，测试特梅尔人的反击能力。

阿伦害怕克特里人一根筋，专门嘱咐这些黑月军战士，要么见好就收，要么落荒而逃，切不可死战到底。

实际效果令阿伦非常满意。这些小分队往往进洞一会儿，便鼻青眼肿地退了出来，然后拼命地躲避特梅尔人的追击。那些派驻到特梅尔人族群的黑月军战士，确实一根筋地倾囊相授，帮助特梅尔人学会了杀敌本领。

黑月军的兵力这么少，要是克特里国王们此时举兵进犯，黑月军肯定无法抵挡。阿伦想到这儿，开始勘察 A 洲西部山区的地形地貌。他结合水源、可耕地，从圣战关起，向东一直到大草原，

精心设置了十个关卡。假若国王们的军队大规模登上圣战关，向东入侵，这些关卡是他们的必经之地。凭借关卡的险要地势，就能有效地抵御他们的进攻。

黑月军战士不仅教会了特梅尔人单兵格斗和团队作战的技能，也培养出了一部分人的血性。特梅尔族人出现了分化，有的族群依旧温顺平和，有的族群则是骁勇好斗。

"请远离他们，前往肥美之地，在那儿繁衍生息。"

阿伦指示那些温顺平和的族群，让他们在关卡里安顿下来，不再游牧。就像衮虞一样，教导他们建立起农耕社会。阿伦告谕特梅尔人，必须长期生活在这些关卡上，做到耕战结合——平时务农，战时据守。

"你们要在大草原上自由自在地奔跑与追逐，不要屈服外来敌人，要和他们进行殊死的战斗。"

那些好斗的族群匍匐在他的脚下，祈求阿伦饶恕族群之间的厮杀。阿伦宽恕了他们，让他们继续保持勇猛彪悍的本性。

阿伦还在继续做梦。这个世界原本没有的东西，他在梦境里纠缠出来。醒来时，他会反复回味这些东西，并将它们作为神谕，走到哪儿，便布道到哪儿。特梅尔人闻所未闻，一开始觉得莫名其妙，后来又觉得很有用。最有用的东西之一，便是他布道时讲到的纪元。

有一天上午，阿伦在梦境中醒来，仔细回味着梦中的情景。他梦见了大海里升腾出一条巨蛇，飞到洞穴里，将黑月军战士紧紧地缠着，让哈贾族人赶紧逃跑。等到黑月军战士都被缠死时，

那条巨蛇变成了自己。

他突然感悟到，以前的特梅尔人根本不应该算作人，更准确地说，应该算作"聪明"的动物。作为真正意义上的人，特梅尔人应该从阿伦走进大草原的那一刻开始。

"我乘着海船重返圣战关，骑着骏马，带着浩浩荡荡的队伍，从西边的群山中走出来，来到你们身边。这一年称为阿伦纪元元年，是特梅尔人的开始。"

阿伦站在土台上，让大家明白年历，记住阿伦纪元。

仔细想想，其实物种的进化总是渐变的，很难找到一个清晰的时间分界点。或者说，并不存在这样的时间分界点。特梅尔人在这个世界上，没有开始，也没有结束。既然没有特梅尔人的开始，那阿伦纪元只是无中生有的东西。

当阿伦在布道阿伦纪元时，离夏当行星 1.5 亿光年的洱思星球上，生活着堪热人。他们已处于科技高度发达的文明社会。他们无论是男还是女，全都是秃顶。头上光溜溜的，没有一根发丝。大约在 15000 年前，堪热人却不是这样。他们有着浓密的七彩长发。

当出现第一个秃顶堪热人的时候，人们都认为这是极其偶然的个体异常，并不觉得这是进化的前兆。

渐渐地，出现秃顶的堪热人多了，人们意识到这是一种疾病。医学家认为这是毛囊病变，心理学家认为这是心理疾病诱发。社会竞争太激烈，人们的心理压力太大，必然会出现焦虑，进而导致脱发。社会学家甚至奉劝人们不要嘲笑秃顶的人，同时想尽办法安慰秃顶的人不要自卑。为了治愈脱发，医院和制药企业纷纷

推出植发技术和生发药物。

又过了不知多少年，秃顶堪热人占据绝大多数，以至于人们不再纠结自己的秃顶，反而十分惊讶，极个别人的头上居然长出七彩长发。人类学家会站出来解释，这是返祖现象。

等到人们全都是秃顶的时候，再去追溯第一个秃顶人，他早已泯灭在历史的长河里。历史根本不会记载第一个秃顶人的生平。即使记载了，谁又能保证记载的这个秃顶人，真的就是第一个？在他之前，就从来没有出现过秃顶人吗？

除非在记载他的时候，进行溯源性调查。将洱思星球上所有的堪热人，也就是自第一个堪热人出现以来的所有人，一个不漏地调查一遍。显然，这是不可能的。

退一万步说，就算能够这么调查，又会带来另一个溯源性调查。第一个堪热人又是什么时候开始秃顶的？只有先搞清楚这个问题，才能搞清楚秃顶堪热人的开始。

人类学家通过技术手段，认定堪热人来自重猿。同样的道理，人们不得不溯源第一个重猿开始的时间。这样调查下去，就会没完没了。

为了避免没完没了的调查，有人建议制定一个标准。只要秃顶的人口占总人口的比例达到某个数值时，就可以说这个时间点是秃顶人的开始。且不说监测这个比值在实践上很难做到，就算可以做，人们不得不问，这个比值究竟应该到达什么标准？70%？80%？或者90%？无论哪个标准，这都是人们拍脑袋想出来的，并不是自然界真实存在的。标准这东西，其实是一件无中生有的东西。

和秃顶堪热人类似，特梅尔人的开始，如果非要从阿伦回到故乡这一年算起，那也是一件无中生有的事情。

好在大家都接受了阿伦纪元。族群首领每过完一个冬天，便在代表阿伦纪元的一根虎皮绳子上打一个结。他们在描述年份这个问题上，语言变得丰富和明确。他不再说，有一年，我打死过一只豹子。他会说，在阿伦纪元 3 年，我打死过一只豹子。

用到后来，大家感觉阿伦创造出来的这个东西，确实挺有用的。久而久之，大家就当真认定世界上确实存在阿伦纪元，只是之前没有发现。

自阿伦回到故乡，夏当行星迎来整整 15 年的和平时期。在这期间，S 洲的克特里人和 A 洲的特梅尔人各自顾着各自的事情。在这之后，朵饪皇帝的船队扬帆抵达 A 洲圣战关。

克特里人与特梅尔人的战争一触即发。

10. 吉历公元 4857 年

"我们可以在阿维罗卫星上着陆。"

太空岛离夏当行星越来越近。阿维罗卫星陪伴着蔚蓝色的夏当行星，映入大家的眼帘。薇欧拉皱着眉头，满脸的愁容。

"它那儿的重力只有亚诺行星的六分之一。对我们的身体有影响吗？"

宇归也曾想到去阿维罗卫星，扭头问昌盛津。

"不好说。估计刚开始也需要吃药。"

"我们见不得人？"施罗德挪揄道。他不太理解亚诺社会一直主张的理念：亚诺人最好不要和夏当人面对面接触，不要让夏当人知道亚诺人的存在。

昌盛津要在夏当行星上做实验，生怕被夏当人发现，专门选择到无人区。这次登陆夏当行星，也是选择冰天雪地、荒无人烟的南极。薇欧拉甚至更过分，想去阿维罗卫星。他们的所思所想，都是出于这种理念。

"如果接触，就会有感情。一旦有感情，我们就想帮助他们，就会让他们融入亚诺社会。这会是巨大的负担。"

迪奥知道这个理念的出处。当年他还年轻，刚成为联盟副主席时，联盟主席召集大家讨论过这个问题。大家认为，夏当人一旦来到亚诺行星，可能会拉低亚诺社会的整体水平。

"原来如此。"

大家如释重负。这样看来，和夏当人面对面接触，让他们知道自己的存在，并不是什么犯大忌的事情。

"其实他们应该知道我们。A 洲大陆上的特梅尔人知道桑托斯。S 洲大陆上的克特里人知道阿彩。"

"他们确实是知道，但不是一回事。特梅尔人没把桑托斯当外星人看待。夏当克特里人也没把阿彩当外星人看待，他们把她当作自己的神看待。"

流雄思维很敏锐，立即反驳迪奥的观点。

"我们凭借高科技，不用显现真身，就可以让他们见到奇迹，就像神一样。神是肉眼不可见的。如果他们见到我们，还会把我们当神吗？"

大家听胜影这么一说，都不作声，默默地回到各自房间休息。

"妈妈，你心里不愿意吗？"

流雄陪着薇欧拉走进她的卧室。

"不，我愿意。我一直有担忧的，就是胜影。"

"你是担心他回到克特里人那儿？"

流雄立即反应过来。S 洲的克特里人是强大的。尽管在阿伦的领导下，A 洲的特梅尔人也在崛起，但是依然面临着种族灭绝的风险。胜影曾经就是克特里人的领袖。如果在他的领导下，克特里人主宰了夏当行星，那亚诺文明可能就到此为止。没有特梅

尔人的亚诺文明，不是一个正宗的亚诺文明。

"你觉得呢？"

面对薇欧拉的反问，流雄深感当初所做的决定有些草率。

"等到了南极，将他禁闭在凌波宫。"

太空岛是一个圆环柱，直径足足有 1000 千米，柱高 100 千米。它可以供 10000 名亚诺人在上面生活。这样的庞然大物，降落在夏当行星上，需要大量的能量来降低它的飞行速度。同时，在降落过程中，让它保持正确的姿态，这样的动态控制也会极其困难。流雄不打算这么做。他决定将太空岛留在太空，只带必需的东西。

一共有 5 个主体部分需要带到夏当行星。它们分别是核聚变反应堆系统、核燃料箱、简社大殿、无极殿和凌波宫。前 2 个是能源系统，非带不可。简社大殿有魔方系统，无极殿是实验室，而凌波宫则是大家的居所。吃饭睡觉运动娱乐等日常生活，都是在凌波宫里。这些在夏当行星上也是必需的。

着陆前，在魔方系统的指挥下，机器人将简社大殿、无极殿和凌波宫搬迁到太空岛圆心处的圆柱里。在那里，又将这三个建筑物和核聚变反应堆系统、燃料箱进行了整合，形成一个外观像巨型螺丝钉一样的飞行器。

施罗德和迪奥这才明白，所谓到达南极后仍可以在太空岛生活，只不过是待在这个螺丝钉里。想想事已至此，他俩也只能摇摇头，叹口气，跟着大家一起登上巨型螺丝钉。

正式出发时，巨型螺丝钉从圆柱体内飞出，钻透夏当行星大气层，钉立在南极冰面上。接着巨型螺丝钉开始旋转。渐渐地，长度 1000 米，直径 300 米的螺杆没入冰层里，仅剩下边长 650

米的正六方形螺帽留在冰面上。螺帽里面就是简社大殿、无极殿和凌波宫。紧挨着螺帽，一左一右，停靠着映旗号穿梭机和迹语号穿梭机。

"我们待在这儿，不要出去。"

流雄一门心思想囚禁胜影。

"有紫蓝光环护体，有飞行平板和神兽代步，为什么还待在这个封闭的螺帽里？"

"为什么不能重温在亚诺行星上行走的感觉？这可是久违的事情。"

"来都来了，出门看看，有何不可？"

"只要不去S洲和A洲，应该没问题吧。"

"我的意思……先喝杯酒，庆祝一下，再走也不迟。"

流雄没料到这个命令让大家如此不高兴，连忙给自己打着圆场。既然大家这么期盼着出去，那也只能用最低级的办法，让胜影留下来。

他扭头向角落里的机器人示意了一眼。机器人很快端来红酒，给每个人递上一杯。大家毫不犹豫地一饮而尽。不一会儿，胜影就倒在地板上。

"关进囚室。"

流雄命令着机器人。

"这又是为什么？"

迪奥直摇头。

"大家别忘了，过了800年，他依然是克特里人。他要是走出这个门，就是放虎归山。他会去S洲，成为克特里人的国王。不！

他会一统天下，成为他们的皇帝。所有的克特里人，包括那些国王们，都会紧紧团结在他的周围。克特里人会更加强大，特梅尔人会更危险。我们需要时间，好让阿伦帮助他的族群强大起来。"

薇欧拉终于在大家面前说出自己的心思。

"我们也要帮助特梅尔人吗？"

宇归话一出口，马上意识到表达有误。他其实想说，我们该怎么帮助特梅尔人？

"不过胜影说的对，特梅尔人最好不要见到我们，更不要知道我们是外星人。要让他们以为，这一切帮助都来自他们的神。要让他们对神怀有感恩之心。"

流雄一心想做神。他看着昌盛津，示意他尽快研究出意识提取仪。这样一来，他就可以通过意识提取仪和梦境纠缠仪，方便快捷地向特梅尔人传递亚诺先进文化知识，让他们快速强大起来。

南极螺帽终于打开了一扇门。大家骑着各自的神兽，头顶着紫蓝光环，驾驶着穿梭机，开始在夏当行星上愉快地游荡着。大家陶醉在夏当行星上的自然风光里，仿佛回到亚诺行星。

此时大家才幡然醒悟，在夏当行星上生活，才是真正的自由，才是真正的劫后重生。在太空岛上的生活，不过是金丝雀养在精致的鸟笼里。施罗德也不自觉地在心里后悔当初的固执，特别是当他尝到了自然新鲜的水果蔬菜鸡鸭鱼肉之后。这是森海精心烹饪的，以前在亚诺社会才有的美食。

800 多年过去了，沐重早已不再想着父亲戴夫和爱人绮照。他只是一门心思地通过梦境纠缠仪，继续影响着阿伦。来到夏当行星后，他觉得影响力越来越小。通过析梦，扭曲后的画面里，提取到沐重想要传递的信息越来越少。

"这是夏当的原因吗？"

"不是，肯定不是。"

昌盛津断然否认沐重的提法。在太空岛上和夏当行星上使用梦境纠缠仪，应该都一样，没有区别。

"他有可能自主做梦了。"

昌盛津仔细思考后，提出了自己的看法。

"也就是说，梦境纠缠是相互的。他可以纠缠我的，我也可以纠缠他的。阿伦自发产生梦境后，我们看到的内容就以他的梦境为主。"

"这就是为什么解析梦境时，找不到我们要传送给他的信息的原因。"

昌盛津赞同沐重的理解，随手关闭了梦境纠缠仪。阿伦现在会自己做梦，不再需要梦境纠缠仪的诱导。越往以后，这台纠缠仪的作用会越小。

"对没有梦境的人，我们可以利用这台仪器，通过梦境纠缠，帮助我们传递想要表达的信息。对于能够自主做梦的人，看来我们可以依靠这个仪器，了解他怎么想的。"

沐重觉得这台仪器仍然管用。

"这样下去，特梅尔人是不是越来越不受我们控制了？"

昌盛津冲着沐重微微一笑。

"你需要再想别的办法，让阿伦不知不觉中，仍听命于……"

"意识提取仪进展如何？"

流雄走进无极殿，突然这么一问，打断了沐重的话。

"我有些犹豫。一直没有研制它。"

"这是为什么？"

流雄对昌盛津的回答隐隐有些不悦。

"如果研制成功了，我拥有它，你想啥，我都会知道。相反，我想啥，你也会知道。你拥有能源，你也必将拥有意识提取仪。那我们的意识都会……"

"那不行！我们想啥子，你都知道。那我们在你面前，还有隐私吗？"

沐重接过昌盛津的话，直截了当地反对。

"你们想过没有，夏当人在你们面前也没有隐私。"

流雄话语里透出讽刺。

"你这么说没错。不过夏当人不知道我们的存在，也就不会抗议。这就像你脱光了衣服在湖里洗澡，你不知道有人偷看，也就不会觉得隐私被暴露了，你也不会感到羞愧和懊恼。而你与我，可是知根知底，天天要见面的。一旦知道，你窥得了我的隐私，我肯定会恼羞成怒的。"

沐重立即指出两者本质上的不同。

"我们才发现，梦境纠缠仪对阿伦不怎么起作用了，他终于可以自己做梦了。"

昌盛津连忙转移话题。梦境纠缠仪不起作用，意识提取仪也没有必要研制。

"这意味着……"

流雄听到阿伦能够自己做梦，不由得大吃一惊。

"这意味着，他们终究都有自己的梦想。他们和我们——亚诺特梅尔人，已经没有区别。换句话说，他们就是我们。"

"我们的使命已经完成。他们如何继承亚诺文明，如何发展亚诺文明，那是他们的事情。我们能左右的，必定会越来越少。"

沐重和昌盛津一前一后，表达出各自的观点。

"那我们存在还有什么意义？"

薇欧拉不知道什么时候，来到他们面前。

"我们努力地活着，活了快千年，只是为了延续亚诺文明。现在没有这个使命，确实没有存在的意义。"

昌盛津让人觉得，死了是一种解脱。

"还为时过早。"

薇欧拉音调提高了很多，显得很不甘心。

"阿伦有了自己的梦境。也许只是一个特例。"

"好吧，薇欧拉。我们继续观察。"

毕竟涉及生死，有些沉重，沐重便想结束这个话题。

阿伦纪元10年，也就是吉历公元4857年，阿伦的第一个孩子年满5岁。对于阿伦来说，这只是他的长子而已。在南极螺帽，对于沐重他们来说，这却是一件非常伟大的事情。

"梦境纠缠仪对这孩子有作用，他可以产生梦境。"

沐重指着扭曲的梦境，语气里充满着兴奋。

"他是混血儿吗？"

施罗德问道。

"肯定呀。孩子的母亲也是高个子女人。"

沐重流露出不容置疑的神情。

"那我的观点被印证了。混血儿和混血儿的后代，具有做梦的能力。"

昌盛津此时也显得异常兴奋。

"这太好了。"

迪奥也很高兴。

"我们需要操纵这些混血儿，让他们能够相互结合。"

流雄想要产生更多的混血儿。

"事情一旦走上轨道，我们就没必要担心它会偏离方向。"

宇归的话意味深长。阿伦作为高个子男人，择偶时偏好高个子女人。同样，高个子女人也会偏好高个子男人。阿伦是特梅尔人的神，有了他的示范，越来越多的男女混血儿会在一起生儿育女。这是夏当特梅尔族群的首领们再也无法阻挡的事情。能够做梦的孩子必然会越来越多，根本不需要流雄的操纵。

"我们的气数快要尽了。"

薇欧拉脸色阴阴的，道出了这件事的伟大意义：来自亚诺行星，他们这几个 800 ~ 1000 岁的幸存者，已经完成了亚诺特梅尔人的延续，完成了亚诺文明的复兴。

"不！还不一定。这个孩子能够像阿伦一样自发做梦吗？"

仅仅依赖梦境纠缠仪做梦，还不是真正意义上的有梦境，有梦想。亚诺特梅尔人都有自己的梦境，有自己的梦想。这些混血儿的后代，只有做到这一点，才能称得上是真正的亚诺特梅尔人。

流雄的言外之意，保持长寿仍然是使命所在。众人觉得也对，于是继续在夏当行星上过着优哉游哉、神仙般的生活。直到目睹了朵饪和阿伦之间的一场战争后，南极螺帽里的平静才被彻底地打破。

11. 阿伦纪元 15 年

阿伦纪元 15 年初夏的一个黎明，阿伦的精锐部队终于发挥了作用。遵照阿伦的命令，15 年来，他们毫无怨言地、孤独地驻扎在圣战关附近的高山上，每天一丝不苟地瞭望海面。正是这种一根筋的品性，让他们及时发现了敌情。

当海面上若隐若现一排排小点点时，他们立即点燃狼烟。狼烟在一个个关卡上逐一升起，直到最东边的关卡。最后一支狼烟在关卡上升起不久，大草原上的阿伦停止了布道。他盯着狼烟，喃喃自语着，该来的终究还是来了。

阿伦立即命令大草原上那些好斗的族群向山区的关卡集结。随后，骑着骏马拼命地赶到圣战关。他站在海边的悬崖上，看见海面上的船队扬着白色的布帆，只有手掌般大小。

他顿时松了一口气。克特里人离圣战关估计还有两天的航行，准备时间足够了。阿伦命令 1463 名精锐部队立即登上停放在海边的 50 艘海船，驶向离此处 30 海里远的海湾里隐蔽，随时听候调令。

看着黑月军驾驶 50 艘海船尽数消失在临海悬崖的背后，阿伦便只身返回第一个关卡。早些年，从圣战关一直向东，阿伦修建了 10 个关卡。现如今,大草原上那些好斗的族群听从他的指令,按照事先的布置,将抵达各自的关卡。每个关卡会聚集有 5000 名以上的战士,他们将面对面地与敌人战斗。

经过这么多年的训练,特梅尔人的战斗力确实有了很大提升。200 个特梅尔人已经可以轻松打败 10 名黑月军战士。但是这并不意味着特梅尔人就能打败克特里人。实际上,特梅尔人的战斗力仍然偏低。如果面对一支 100 人的克特里军队,200 名特梅尔人就可能全军覆没。

阿伦深知克特里人一根筋的厉害,他们在战斗中不要命的狠劲,令人感到恐怖和窒息。他猜测,等待了 15 年才发动战争,那些克特里国王们,一定训练出了一支不逊于黑月军的队伍。面对这样的强敌,只有全面防御,才有抗衡的可能。

朵钰在海船上发现 A 洲的高山上升起一柱柱狼烟,他并不知道这是特梅尔人的报警。但是他很肯定,他的船队被特梅尔人发现了。朵钰并不为此而担心,还是按照既定的航行速度,驶向圣战关。

对于朵钰来说,这次出征,需要担心的有很多。在兀伐皇帝那个时期,特梅尔人蒙昧无知,啥也不知道。整个族群被屠杀,都不知道凶手是谁。阿伦返回 A 洲之后,特梅尔人再不会一无所知。他们一定知道,在海洋的另一边,也有一个大陆,那上面的克特里人,就是凶手。他们一定会做好充分准备,时刻防范克特里人卷土重来。

阿伦手上掌握着兀伐皇帝的黑月军。这支黑月军原有 10000

多名战士。经过这15年，黑月军真的像国王们揣测的那样，大幅度减员么。黑月军也有可能扩充了。即便没有扩充，他们在人数上维持原状，战斗力也不容小觑。朵饪手上这支9000人的军队，一旦与他们交手，肯定讨不到便宜。

朵饪眼下率领的这支合众国联军，是按照兀伐皇帝打造黑月军的笔记训练出来的，总给人一种纸上谈兵的感觉，并不让人那么放心。真的和黑月军真刀真枪干起来，战斗力会不会欠缺，排兵布阵会不会疏漏，不得而知。黑月军当年就是一支精锐强悍的军队。这15年来，在单兵格斗与团队作战方面，也许有新的发展。

朵饪想到这些，心情十分低落：合众国联军不但讨不到便宜，还有可能损失惨重。

当船队终于抵达圣战关时，朵饪皇帝的脸阴沉到极点。他迟迟不敢下令抛锚，更不敢下令登岸。整支船队足足在海边漂浮了三天三夜。

朵饪见到沙滩上没有任何动静，一度认为特梅尔人还蒙在鼓里。随后转念一想，狼烟升起，足以表明阿伦早已知道他们的到来。

朵饪想不明白，阿伦既然已经知道，为什么不出来迎敌？何不在这宽阔的沙滩上，双方决一死战？朵饪思考良久，还是想出了应对之策。他决定派出一个五人侦察小队，上岸察看敌情。

这支侦察小队出发足足有十天时间，仍不见回音。他只好再派出一支十人侦察小队。这次有两个人跑了回来。

"怎么只剩下你们两个？"

朵饪严肃地质问，内心里有着不祥的预感。

"其他人都死了。"

"你们怎么没有死？"

朵饪言下之意，这些战士都是一根筋，一旦发生战斗，不战死沙场，是不得活着回来。前面五个战士，只怕都战死了。他们一旦投入战斗，便完全忘记了另一个使命：发现敌情一定要赶回来通风报信。朵饪很后悔，出发前没有交代清楚，一旦发现敌情，必须确保有人活着回来。

"剩下我们两个人时，敌人突然不见了。"

"你们发现了什么？"

朵饪没想到阿伦会主动留下活口。

"我们来到一个峡谷口，那儿有一个木质的大门紧闭着。里面有很多人，只在腰间穿着皮裙，身体其他部位裸露。"

"他们还出来一帮人，其中有一个会说克特里人的语言，让我们进那个大门。我们不从，就和他们打起来，结果我们被一个一个杀死了。"

两名战士一前一后，回答朵饪的问题。

"你们有杀死他们吗？"

"我们杀死了 21 个。"

"怎么突然不见了？是被你们杀光了？"

"不是，他们出来围攻我们的，估计有 30 多人。我们杀得正起劲，突然听到一声巨响，他们就跑进大门里，一个人影也看不见。我们只好回来。"

朵饪听到这里，心里有了一些乐观。敌我双方死亡人数 21∶8，看来特梅尔人的战斗力不强。阿伦让关卡大门紧闭，这也表明他们战斗力不强，不敢主动出击，只等着克特里人进攻。既然阿伦

留下活口，通风报信，让克特里人进攻，那就应该接受挑战。

"抛锚！登岸！在海边驻扎。明天早上出发，消灭特梅尔人。"

朵饪大声发布命令。等到部队在圣战关沙滩上安营扎寨，开始休息时，朵饪心头又浮现出一丝不安：黑月军去哪儿了？

清晨，阿伦站在关卡瞭望台上向下看去，关门外的开阔地上，黑压压的全是克特里战士。他们的军服和黑月军一样。看来他们接受过与黑月军一样的训练。之前击杀五人侦察小队和十人侦察小队时，也可以看得出来，朵饪的这些战士，身手和黑月军极为相似。他们既能战斗，也很拼命。

特梅尔人比较聪明，不会一根筋，面对不要命的克特里人，在气势上就落了下风。大草原上那些骁勇好斗的特梅尔人，也不一定是他们的对手。

"你就是阿伦吗？"

朵饪皇帝骑着黑色的高头大马，来到队伍最前面，抬头看着瞭望台上的阿伦。

关卡里的特梅尔人吃惊地看着朵饪，发出了一阵阵议论声。原来对方首领也能骑马。不仅仅是首领，还有好多战士也骑着马。这是一支神的队伍吗？如果不是，那阿伦也不是神，那他也不过如此。

"你是谁？"

阿伦点了点头，算是承认了自己的身份，同时大声询问对方。他听到身后的议论声，心里暗道不妙，自己的权威有可能会大打折扣。

"我是 S 洲克特里合众国朵饪皇帝。"

朵饪似乎也察觉到特梅尔人的异常。

"阿伦杀害了兀伐皇帝！全体将士们！立即攻打关卡，捉拿叛徒阿伦！"

朵饪很狡猾，不说捉拿凶手，而是说成捉拿叛徒。克特里人一根筋，听到"叛徒"一词，更是恨得牙痒，立即呼啦啦地往关门内死命地冲。特梅尔人从没见过这种不要命的阵势，手忙脚乱地拿着石头扔，拿着长矛捅，拿着钢制弯刀砍。

紧闭的寨门很快就被克特里人打开。整个关卡里，特梅尔人和克特里人混战在一起。阿伦知道，大势已去，败局已定，立即策马奔向第二关卡。那些眼尖的特梅尔人，看见阿伦撤离，自然无心恋战，也调头向第二关卡逃去。

朵饪看着整个关卡全是克特里人，便命令停止战斗。他万万没有想到，仅仅只用了半天的时间就拿下这座关卡，顿时信心满满，一扫昔日的愁容，决定在此休整几日后，继续向东进发。

在第二关卡的攻打中，合众国联军进展得并不顺利。这个关卡在半山腰上。要想攻下它，战士们必须爬上一段陡峭的山坡，才能和特梅尔人面对面地厮杀。

这一次，特梅尔人虽然心中不再把阿伦当成神看待，但是仍然听从他的调遣。经过上次的失败，逃到第二关卡的特梅尔人告诉大家，只有心无旁骛，听从指挥，才能有效防御敌人。

在阿伦的指挥下，特梅尔人占据制高点，不停地往下扔石块。哪儿人多，就往哪儿扔。抵抗进行得有条不紊，相互之间配合得十分默契。

克特里人虽然不要命，却也奈何不了暴雨一般的石头，一时间死伤无数，无法爬到关口。朵饪皇帝是圣人，是聪明人，自然不会一根筋。他见此情形，不得不停止进攻。

足足待了四个月，当秋季的最后一片落叶飘在朵饪皇帝脚下时，第二关卡终于被克特里人拿下。

朵饪皇帝不愧为圣人，亲自率领一队精干的突击队，长途跋涉，足足花了一个月的时间，绕到关卡的背面。在一个皓月千里的深夜，突击队点燃了大火，发动了突袭。一时间，关卡内火光冲天，喊杀声响彻云霄。

出发前，朵饪皇帝命令大部队待在营房里据守，不得出击。等到某天晚上关内火光冲天时，不得迟疑，必须立即进攻关卡。此时，关外山脚下的大部队，听到关内有动静，又看到焰腾腾的火光，想起了朵饪皇帝的命令，立即全体出动，向关口发起了猛烈的进攻。

阿伦没有想到朵饪居然会两面夹击，看到关内外一片混乱，知道关卡不保，败局已定，只好带着他的族人再一次撤离，逃向第三关卡。

朵饪皇帝进入第二关后，简单地清理了战场，准备乘胜追击，夺取第三关卡。然而天公不作美，此时大雪封山。朵饪皇帝无奈地留在第二关卡里，等着明年开春。

朵饪皇帝的侵略战争在 A 洲西部山区整整进行了五年。就像游戏通关一样，合众国联军每攻打下一个关卡，就会遭遇更大的困难，花费的时间也更长。在阿伦纪元 20 年，朵饪皇帝终于来到了第十关卡。

此时的克特里合众国联军的战士已所剩不多。更糟糕的是，朵饪皇帝身心疲惫，深感这场战争没有尽头。依据兀伐皇帝的日记记载，A 洲向东跨过山区，就是一马平川的大草原，那儿有一望无尽的肥沃土地，可以开辟无数片的农田。他在心里不停地嘀咕着，特梅尔人究竟在山区里还有多少关卡。

朵饪皇帝并不知道，眼前的这个关卡，已是通向大草原的最后关卡。他只能故伎重演，派出一个侦察小队，想看看第十关的东面是不是还有关卡。如果还有关卡，就继续向东侦察，直到发现大草原为止。令他没有想到的是，这支侦察小队很快就回来了。

朵饪皇帝一听到这是最后关卡，顿时大喜过望。他立马安排信使传达圣旨。他命令国王们调集 S 洲剩余的部队，前来支援。在圣旨里，他还详细介绍了战争进展过程，目前的局面，以及下一步的打算。他特别强调，战争进行到这一步，人员伤亡严重。尽管这 5 年时不时有所补充，但是总兵力只在 3000 名以内。

朵饪皇帝指出，阿伦这边，经过前九关的战斗洗礼，战斗力和战斗经验又有了很大程度的提升。同时，第十关上又集结了前九关溃败下来的散兵游勇。作为最后一关，关内聚集了特梅尔人的全部兵力。朵饪皇帝估计，总兵力会在 8 万人左右。最终的胜负就此一役。只要兵力够了，肯定胜券在握。

朵饪皇帝在圣旨中，热切地欢迎国王们前来见证，他们将会亲眼看到大获全胜的场景。最后，朵饪皇帝不忘补充了一句：

阿伦没有黑月军！

12. 阿伦纪元 21 年

阿伦纪元 21 年春，克特里合众国的 5 万名战士，国王们 5 年来不断扩军后的全部兵力，终于在第十关前集结完毕。最后的决战即将打响。

当年散落在特梅尔族群里的黑月军战士，他们与特梅尔女人生下的男孩和女孩，看上去没有差别。只是在尿道口，男性有微微凸起的假性阴茎，而女性有微微凹陷的假性阴道。

上帝是公平的。关闭一扇窗的同时，又打开另一扇窗。克特里人和特梅尔人的杂交种，因为不能生育，没有后代，来到这个世界，终究不过是昙花一现。所以，上帝让这些杂交种有着极其旺盛的生命力。

他们的生命力，无论男女，都有着让人叹为观止的表现。

他们有着惊人的耐力，可以从吉瑟升起到吉瑟落下，不停歇地奔跑。奔跑的速度，与特梅尔人百米冲刺相比，也不相上下。

他们有着惊人的爆发力，一拳能打死一头野牛。他们有着坚硬的骨骼。杯口粗的木棒，像阿伦这样高大的特梅尔人，用它猛击他们的头颅，破碎的注定是木棒。

他们有着神奇的再生力和免疫力。即便是钢制弯刀捅破腹部，他们也能修复组织，愈合伤口，决不会因感染而亡。杀死他们的办法就是一刀砍下他们的头颅，或者勒住脖子憋死他们。

但这又谈何容易。他们有敏锐的视力、听力和嗅觉，能够预感危险，很难让人近身。

他们的智力虽然不如克特里人，只有 5 岁孩子的水平，但是继承了克特里人一根筋的品质。他们就像藏獒一样，对主人忠心耿耿，死心塌地。

黑月军战士生殖能力旺盛，当初在族群里肆意妄为，一度使草原上 5000 多个特梅尔女人怀孕。阿伦立即意识到，再不控制，势必影响特梅尔人的繁衍。他告诉首领们消灭黑月军战士的计谋，不仅仅出于报复，也有担忧之心。

族群里只要有这样的孩子，就会被阿伦抱走。5000 多个孩子被阿伦养在一座深山里。100 个黑月军战士从这些孩子会走路时，就开始训练他们，将他们培养成阿伦的死士。即便在近 5 年的战争期间，训练也从来没有间断过。

这是一支有着恐怖战斗力的军队。阿伦让他们穿上父辈们的军服，佩戴父辈们的钢制弯刀，称他们为黑魔军。为了和黑月军区别，阿伦让他们在腰间再穿上特梅尔人的皮裙。

此时，这支黑魔军已埋伏在克特里合众国联军集结地周围的群山里。正当朵饪皇帝站在关前，身后三排国王，向着第十关发出总攻命令时，阿伦也毫不犹豫地下达对攻命令。黑魔军像一群无声无息的幽灵一样，从漫山遍野里冒出来，风一般地冲下山坡，席卷了朵饪皇帝的整个部队。

战场对于特梅尔人和克特里人来说，都是血腥的。黑魔军就

像绞肉机，让克特里人血流成河，惨叫声震天。关卡内的特梅尔人，竟然不忍直视。

国王们肝胆俱裂，纷纷夺路而逃。朵饪皇帝也不忍战士们无谓的牺牲，下达了撤退命令。克特里人一根筋地开始往西边奔去，好像换了一个人似的，不再玩命地抵抗黑魔军。黑魔军发挥出持久奔跑的耐力，一路上边杀边追，也不歇息，让克特里人沿途死伤无数。

朵饪皇帝带着国王们一口气逃到第一关，才算甩掉了黑魔军。他清点了随行部队的人数，将战士们分成两拨，一拨死战到底，尽可能地拖延住黑魔军的追击。另外一拨，大约1000名战士，则护送皇帝和国王们前往圣战关，在那儿赶紧登船，回到S洲。

当朵饪和国王们气喘吁吁赶到圣战关沙滩时，突然发现，从海边船上跳下来的，竟然是黑月军。朵饪皇帝和国王们顿时惊得魂飞魄散。1463名黑月军战士，早已得到阿伦的命令，在此等候，时刻准备着一举歼灭克特里人的残余部队。

黑月军乘对方立脚未稳，随即投入战斗。双方都是一根筋，都是不要命，都是按照兀伐皇帝的方法训练出来的战士，自然厮杀得十分惨烈。这些黑月军战士在A洲生活20多年，已经都是暮年老兵。战斗时间一长，渐渐体力不支，处于下风。

就在黑月军快要不行之时，黑魔军正好赶到。朵饪皇帝和30位国王叫苦不迭，不得不分出兵力，调转头来迎战黑魔军。

一切都已无法挽回。朵饪皇帝战斗到最后一刻，自刎而亡。克特里人全军覆没。阿伦赶到圣战关时，黑魔军打扫完战场，将朵饪皇帝和30位国王的尸体放在沙滩上，排成3排。

　　阿伦逐一查看了朵饪皇帝和国王们的尸体，然后清点了黑魔军人数。5000 名黑魔军战士，仅仅损失了 300 人。同时，还有 150 名黑月军战士幸存。他们列队站在沙滩上，接受着阿伦的检阅。阿伦腰带上挂着兀伐皇帝的那块金质令牌，在阳光下一闪一闪的，晃得战士们睁不开眼。

　　黑魔军实在太厉害了。阿伦一边检阅着黑魔军，一边思考着。特梅尔人是他们的杀父仇人，归根到底，阿伦是他们的杀父仇人。留着他们在 A 洲，虽然是自己的死士，但对特梅尔民众来说，终究是一个危险。让他们都乘上海船，前往 S 洲继续消灭克特里人，岂不是一举两得的好办法。

　　阿伦想到这儿，立即高声下达命令：

　　"所有黑月军战士和黑魔军战士登船。由黑月军带领，前往 S 洲消灭克特里人！消灭完所有克特里人后，方可返回。"

　　血光之灾就这样跨过 W 洋，来到 S 洲。一时间，S 洲上血流成河。30 位国王的接班人，开始过着东躲西藏的日子。自衮虞时代以来建立的农耕社会，被黑魔军的杀戮毁灭殆尽。

　　"消灭完所有克特里人"，这是一个永远无法完成的任务。实现种族灭绝，不是一蹴而就的事情，需要花费很长的时间。在杀戮的同时，会不断有新生儿产生，人口数量总在不断补充。

　　所有克特里人究竟是多少人？这个数字随着时间变化，是不确定的。累计杀掉多少克特里人，才算消灭完所有克特里人？这也是不确定的。

　　对于黑月军和黑魔军战士来说，低下的智力让他们不可能掌握这些动态数据，甚至不可能意识到这是一个问题。

他们机械地听从阿伦的命令，在 S 洲不停地寻找克特里人，不停地杀死克特里人。即便所有的克特里人真的都被杀光，再也找不出一个克特里人，他们只会继续找下去，绝对不会拍着胸脯说，已经消灭完所有的克特里人。

阿伦纪元 15 年至 21 年，在 A 洲西部山区发生的这场战争，是夏当人类史上的第一次世界大战，称为"黑魔之战"。因为这场战争的全面胜利，阿伦赢得了特梅尔人的崇敬。虽然这种崇敬不再是那种狂热的、盲目的、排他的，只对神才有的崇敬，但是阿伦仍然觉得自己无比神圣。

在一个夜深人静的晚上，阿伦回顾着战争的点点滴滴，陡然发觉，他的才能和胆识，并不是来自兀伐皇帝图书室里的苦读，而是来自梦境里的见识。他终于体会到，在梦境里，其实是有人在点拨他。

沐重发现阿伦有了自己的梦想后，就不再使用梦境纠缠仪。流雄接管梦境纠缠仪，试着继续影响阿伦。阿伦有了自己的梦境以后，感觉点拨他的人渐渐远离了他。在有了孩子以后，他感觉点拨他的人，借助他的孩子，又回到他的身边。

阿伦的这一切感觉没有错。沐重和流雄一直在点拨他。阿伦骑着骏马，带着黑月军战士进入大草原时，沐重托梦给他，一定要让黑月军战士融入特梅尔族群，这样既解决了战士们吃住的问题，也解决了训练特梅尔人战斗力的问题。

阿伦收养黑月军战士的杂种孩子，其实也是沐重的主意。那个时候，阿伦刚刚能够自发做梦。尽管如此，沐重传递这样的主意，也是费了一些气力。沐重见缝插针，乘着阿伦睡眠时没有主动做梦的空当，将他的主意成功地托梦给阿伦。沐重的初衷只是想让阿伦集中养育这些孩子，免得遭受特梅尔人的歧视或虐待。

在这之后，沐重还成功地托梦给阿伦，让他修建十个关卡，用以防御克特里人的进攻。至于特梅尔族群首领设计杀害黑月军战士，则是阿伦自发做梦后，梦想出来的主意。

流雄接手时，已经很难直接影响阿伦。唯一的影响，就是流雄在梦境中成功地告诉阿伦，他收养的那些杂种孩子，天赋异禀，可以培养成死士。

除了这次托梦以外，流雄总是通过阿伦的孩子来点拨他。阿伦的这些孩子都具有做梦的能力。流雄使用梦境纠缠仪，频繁地托梦给孩子们，指示他们向阿伦提出建议，从而间接地影响阿伦，让他得到神的启示。

在圣战关附近的海湾里埋伏 1463 名黑月军战士，便是他托梦给阿伦的第一个孩子，再由他开口向阿伦提出建议。阿伦丧失第一关卡，气急败坏，灰心丧气之时，流雄则是通过第二个孩子，告诉阿伦尽可能地守住关卡，实在守不住，就赶紧放弃，及时退守下一个关卡，保存实力最为关键。

这是诱敌深入的战术。阿伦听到第二个孩子这么一说，内心里并不觉得自己的孩子有多聪明，而是问他是不是做了梦。得到孩子肯定的回答后，他不再诚惶诚恐，又有了自信，知道点拨他的人又回来了。至于阿伦命令黑魔军和黑月军前往 S 洲继续消灭克特里人，则是流雄通过阿伦的第三个孩子给他出的主意。

阿伦在梦境里，从来就没有看清沐重和流雄，甚至不知道他

们是两个人，但他知道他们是存在的。他一度认为，他们就是第一次做梦时梦见的那个人，那个头顶光环的白衣人。他们到底在哪儿呢？阿伦想到这儿，顿时恍然大悟，他们其实不是人，他们是神。只有神才能托梦给自己，这是神在传达旨意！

我不是神，我是神在人世间的先知。阿伦这样想着。

黑月军和黑魔军在 S 洲肆意横行的时候，A 洲却是一片太平。这儿又像以前那样，全都是特梅尔人。没有了克特里人，所有人都感到很安心。

阿伦原本是族群里的高个子特梅尔人。他又自称是特梅尔人的神派到人世间的先知。自然而然地，族群里高个子特梅尔人的社会地位有着明显提高。

阿伦的第一个孩子出生后，男女高个子特梅尔人，这些混血男女的择偶自由获得全面解放。他们不再被族群首领或者他的家人独享，也不再被首领们互相送来送去。这些变化给整个族群，也给整个 A 洲的人口结构带来深刻变化。

土著女人们虔诚地相信，她和高个子混血男人的后代，十有八九会是阿伦那样的先知。她本能地竭尽全力吸引高个子男人喜欢上她。即便他已有了女人，她也会默默地等到他的离婚，期盼着重获单身的他能娶她。哪怕这样做会给她带来独身一辈子的风险，她也无怨无悔。

混血男人的择偶就不像女人那样偏执。他喜欢混血女人，同样也喜欢土著女人。混血男人喜欢上一个女人，就会毫不犹豫地和她厮守在一起。绝大多数的情况，他会厌烦她而选择离婚。过不多久，他就会喜欢上另一个女人。

这时候，他绝对不可能藕断丝连，只会全心全意地和新的女人过日子。混血男人尽管社会地位提高了，又受到女人们的追捧，但他的天性如此，不会同时和几个女人保持关系，任何时候都会自觉地坚持一夫一妻的道德底线。

混血儿和土著人之间的孩子，被昌盛津定义为半混血儿。如果父母都是半混血儿，他们的孩子被定义为全混血儿。父母一方是半混血儿，另一方是全混血儿，他们的孩子也属于全混血儿。

无论是土著的，还是混血的，所有的特梅尔女人都只想和混血男人结婚生子，必然导致混血新生儿越来越多，土著新生儿越来越少。渐渐地，混血儿的人口数量开始增长，从少数民族变成多数民族。

随着一代又一代的更迭，土著特梅尔人也像土著克特里人一样，会被混血儿所取代。当族群里再无土著特梅尔人，全是混血特梅尔人时，继续繁衍下去，势必所有的族人都会是全混血儿。这正是流雄、沐重所期盼的。特梅尔人的整个演变过程是和平与缓慢的，相比较而言，克特里人则显得非常暴力、残忍和血腥。

全混血儿长到五岁以后，流雄就可以通过梦境纠缠仪，让他做梦了。阿伦在死前明显感到族群里有着越来越多的全混血儿，他们像他一样，经常说着梦境中的内容。随着年龄的增长，他们也像他一样，有着不一般的真知灼见，有着不一般的领导能力。

作为神的先知，阿伦越来越矛盾。一方面，他真切地感受到神的伟大，这让他无所不能，也让他有强烈的归属感和自豪感。另一方面，他越来越爱自发做梦，甚至发展到白天打盹，也会出

现似梦非梦的幻想。梦醒之时，他又涌现出强烈的愿望：实现自己的梦想，才是最有意义的事情。

他因此时刻警惕着这些全混血儿。他深有体会，受神的托梦和自发做梦，醒来时的感觉虽然无法言表，但是差异明显。他能一眼看得出来，他们还没有达到自己的境界，不能自发做梦。他将他们从族群里召集到身边，让他们时刻跟随着自己，时刻管控着他们的行为，不让他们全凭神的旨意行事。

在运送黑魔军和黑月军前往 S 洲时，阿伦一艘不剩，派出所有的海船。接着实施海禁，禁止建造新船。这样做的目的，就是不让全混血儿前往 S 洲。他们一旦脱离阿伦，只会按照神的旨意行事。他们不能按照他的旨意，帮助他实现梦想，那让他们出海又有何意义！

13. 阿伦纪元22年

流雄在黑魔之战中对阿伦及其孩子们的托梦，暴露出残忍血腥的一面。沐重、昌盛津、宇归和迪奥看到黑魔军在S洲一年来，肆无忌惮、惨绝人寰的屠杀，简直就是人间地狱，纷纷表达出明确的反对意见。而薇欧拉、森海则极力为流雄辩护。

"早些时候，黑月军在洞穴里屠杀特梅尔人，难道就不血腥吗？"

森海很少说话，冷不丁来了这么一句，让大家都目瞪口呆。

"这不一样。兀伐皇帝这样做，是他自己的主张。而这次屠杀，其实不是阿伦的主张，而是流雄的主张。我们做他们的神，只是为了延续亚诺文明。亚诺文明的精髓是和平，不是杀戮。"

沐重突然反应过来，驳斥了森海的辩解。

"说到兀伐皇帝，我们不得不追根溯源到衮虞。再往下追，那就是克特里人的神，她是阿彩。她也是在延续亚诺文明，为什么不说她是杀戮？"

薇欧拉东扯西拉，毫无逻辑地牵强附会，一时间搅得大家思维混乱，只觉得她在耍无赖。

沐重叹了口气，头顶紫蓝光环，骑着龟背象，走出了南极螺帽。

沐重在雪地里闲逛了一会儿，迪奥骑着虎足凤鸟，宇归骑着飞熊，昌盛津踩着云霞水母追了上来。

"别生气了。"

迪奥劝解着。

"我们迟早要和他们分道扬镳。"

宇归皱着眉头。

"我们和流雄的理念不一样。他的控制欲太强。"

昌盛津直接说出了矛盾的焦点。

"没有想到，黑魔之战，让我们也分出了两派。"

沐重有些心烦意乱。如今，薇欧拉和森海肯定是拥护流雄的。不知道施罗德是什么观点，他究竟站在哪一边。

"我觉得应该释放胜影。"

施罗德骑着狮头马也追了过来。

"这是为什么？"

迪奥很好奇。

"让他去 S 洲，振兴克特里人。亚诺行星有克特里人，夏当行星上也不能没有。"

沐重等人听施罗德这么一说，觉得很对。

"我已将他放了出来。他正前往 S 洲。我想陪陪他。"

从南极到 S 洲，要飞越 5000 千米以上的海洋。胜影骑着龙月蓝鸟，可以飞越。施罗德的狮头马只能在地上奔跑，不能在空中飞。飞行云台续航里程短，也不可能飞越海洋。

"你想使用穿梭机？"

沐重立即明白施罗德的用意。只有用穿梭机载他一程，他才可以到达 S 洲。

"我送你去。"

沐重见施罗德点着头,爽快地答应了他的请求。南极螺帽旁的迹语号穿梭机和映旗号穿梭机,一大一小,只有沐重和流雄可以使用。他俩一个是雷萨的外孙,一个是雷萨的儿子,都有雷萨的血统,拥有驾驶穿梭机的生物密钥。施罗德偷偷放走胜影,这明显是和流雄对着干。他只能求沐重帮忙了。

"你为什么也要去?"

迪奥没看出来平时里施罗德和胜影关系有多铁。

"你们躲在幕后当夏当人的神,太没劲了。我要当夏当人的真神,让他们明明白白地看见我。"

施罗德的想法表明,他也不站在沐重他们这一边。

沐重冲着昌盛津微微一笑。他知道这只是施罗德的一面之词。

要想过神仙的日子,就必须耐得住清净寂寞。施罗德早已耐不住这份清净寂寞了。也确实,太空岛上就 9 个人,一起生活了800 多年,确实让人感觉单调枯燥。现在好不容易来到夏当行星上,就如同从天宫来到凡间。还不和凡人们混在一起,体味一下人间烟火,活着又有什么意思?

平时,施罗德和昌盛津,并不怎么互相待见。这也许因为相处时间太长,彼此心里有了厌烦感。此时,昌盛津没有介意他俩之间的不和睦,陪着沐重、施罗德一起来到 S 洲。

在 S 洲的一座高山上,沐重为施罗德找到了一个海拔 6000米的洞穴。昌盛津开始在洞穴里忙碌起来。他在洞穴外安装了太阳能和风能的储能器,这样就能为施罗德提供必要的能源。他还

将雪水引进洞里，浇灌一棵奇异的藤蔓。很快这株藤蔓就长满了洞穴的角角落落。

"这容易长虫子。"施罗德看到洞里春意盎然，心里满意，嘴上却鸡蛋里挑骨头。

"这可以让洞里充满氧气。高海拔的洞穴，空气稀薄，怕你缺氧。"

昌盛津头也不抬，继续干着他的活。他在洞穴口安装了不锈钢门，在门楣处安装了紫蓝光条。这个和紫蓝光环一个道理，阻止洞外的病毒进入洞里。施罗德待在洞里就不用头顶紫蓝光环。

"在这么高的地方，紫外线很强，细菌和病毒本来就少，有必要装吗？"

施罗德继续不领情。

"那我们走了后，你可以拆掉。"

沐重这句话，立刻让施罗德闭上了嘴。

"把口张开。"

昌盛津手里拿着一颗药丸，示意施罗德将嘴巴张开。施罗德知道，这是长生不老药。能活到现在，全靠吃它。这次他老实了，乖乖地张口，把昌盛津递到嘴边的长生不老药吞下。

"这一颗可以管50年，比之前的红色仙丹，药效更持久。"

"能再给几颗吗？免得我老是麻烦你。"

昌盛津拍了拍双手，向施罗德示意，药没有了。接着，他环视了一下洞穴，满意地点了点头，便和沐重一起，转身向穿梭机走去。

"等一等！为什么要让我住这么高？"

施罗德疾走两步，一把抓住沐重的胳膊。

"这个地方，缺氧严重，夏当上的这些凡人，不太可能上来。你在这儿寂寞了，想享受人间烟火，和凡人们厮混，一拍屁股，就可以下山。在凡间，麻烦缠身时，想图清净，骑着你的神兽或者飞行云台，就可以回到洞穴。没人可以上来打扰你，岂不是可进可退，来去自由？"

沐重一席话，让施罗德心里暗暗称妙。不过沐重也捅破了那层纸，直接说出施罗德的花花心肠，这又让他脸面有些挂不住。

迹语号穿梭机腾空而起，在S洲上空寻找龙月蓝鸟。很快，沐重和昌盛津在空中看到胜影赶来。他俩带着他在另一处高山洞穴降落。和施罗德的一样，昌盛津也改造了胜影的洞穴。

"我在等你的时候，察看了S洲的大部分，黑魔军正在大肆屠杀克特里人。请不要悲伤，你来得正好，可以帮助你的族人。你放心，这儿海拔8000多米，尽管黑魔军战士生命力很强，却也上不来。"

沐重正在宽慰胜影，耳机里响起了施罗德的声音。

"黑魔军能上我这儿来吗？"

"你放心。黑魔军一根筋，只杀克特里人。你是特梅尔人。他们的嗅觉很发达，闻得出你的体味，不会杀你。"

"谢谢你们！"

胜影伸出双手，和沐重、昌盛津握了握手。等他俩登上迹语号穿梭机后，又挥手告别，直到穿梭机消失在云端里。

"他能挽救克特里人吗？"

昌盛津皱着眉，在副驾驶座位上自言自语。

流雄站在螺帽外，看着迹语号穿梭机停稳，沐重和昌盛津从机舱里出来。等到他俩走近，流雄一声不吭，转身进了螺帽。沐重和昌盛津也跟着进去。

"胜影去哪儿了？"

流雄阴沉着脸。

"在 S 洲。"

沐重知道流雄明知故问，还是回答了他的问题。

"他这一去，克特里人就消灭不了！你坏了我大计！"

流雄气急败坏，语调高得让人紧张。

"为什么要消灭克特里人？"

"他们总想着消灭特梅尔人。黑魔之战，不是明摆着！"

"黑魔之战后，他们不会再有此意。"

"你怎么知道？难道不该斩草除根？"

流雄显得很惊讶，不知道沐重哪来的判断。

"亚诺文明不是这样的。别忘了，在亚诺行星上，克特里人没有灭绝，他们虽然只有 10 万多人，但我们从没有想到要灭绝他们。他们一直与我们和平相处。"

沐重听到"斩草除根"这个词，顿时心生厌恶。

所有的人，昌盛津、宇归、迪奥、薇欧拉和森海，这时候都屏住呼吸，一言不发。大厅里异常安静。

"事已至此，我们就静观其变吧。"

迪奥年龄最大，看着局面这么僵持着，便出来打圆场。

"还是分开吧。"

薇欧拉是雷萨的妻子，也是流雄的母亲。沐重是雷萨的外孙，那应该称薇欧拉为外婆。她是他俩的长辈。谈到分家，她最有资格主持这件家事。

沐重和流雄，因为黑魔之战，矛盾已经无法调和。双方都希望沿着自己的设想，推动夏当上的文明进程，让亚诺文明得以重建，进而得以发展。所谓道不同不相为谋，强扭在一起，只会矛盾越积越深。薇欧拉说的对，就此分家，各走各的路，才是最好的办法。

在薇欧拉的主持下，大家达成了一致。在场的人，分成两拨。一拨以沐重为代表，有迪奥、宇归和昌盛津。另一拨以流雄为代表，有薇欧拉和森海。沐重分得无极殿和迹语号穿梭机，剩下的全部归流雄。

在回南极螺帽的路上，沐重料到会有分家的局面。他特意探查了 S 洲，找到了埋藏径犹号穿梭机的洞穴。他要去那儿，那儿有绮照。

沐重带着昌盛津、宇归和迪奥，打开了封存径犹号穿梭机的洞穴。看到径犹号穿梭机，昌盛津激动不已，如获至宝。洞穴里面十分宽敞，再将径犹号穿梭机利用起来，足以容下无极殿的各类实验室。

沐重进入径犹号穿梭机里察看，终于找到了离晴、绮照和阿彩的尸体。可以看出，阿彩依着离晴和绮照年轻时的模样，仔细地装殓了他俩。

沐重看着栩栩如生的绮照，顿时想起 800 多年前他俩在亚诺

行星上的点点滴滴，不由得泪如雨下。他和迪奥一起，选择了一处空旷地，亲自动手，将他们三人安葬。

　　沐重将此处洞穴留给了昌盛津。他要做很多实验，就让他住在这儿。再说，这儿是绮照生活过的地方，沐重也不愿睹物思人，深陷于感伤之中。沐重、宇归和迪奥，也像施罗德和胜影一样，选择了6000米以上的高山洞穴。经过昌盛津改造后，便在洞穴里居住下来。

　　现在，S洲的6个高山洞穴中，分别居住有沐重、昌盛津、胜影、施罗德、宇归和迪奥。多年之后，他们的盛名开始在人间传播。那些想要得道升仙的人，称S洲为圣地。称他们居住的高山为圣山。称他们居住的洞穴为仙洞。称他们为仙人。世间的凡人，如果能够爬到仙人的洞口，就会被仙人认定为有悟性的人，会被收在门下，成为仙人的弟子。再经过仙人多年的教诲，日后修炼成仙。

14. 阿伦纪元 31 年

　　S 洲，黑魔军在黑月军的带领下，满山遍野地寻找克特里人，见到一个便杀一个。虽然他们武力强悍，奈何智力水平有限。克特里人在那些国王们的接班人，也就是聪明的圣人带领下，过着东躲西藏的日子，一时半会儿，也不至于遭受到灭顶之灾。

　　又过了几年，黑月军战士毕竟都是老兵，慢慢地都老死了。黑魔军群龙无首，只会到处游荡，见到克特里人就去追杀。这样一来，杀人的效率自然就更低了。

　　胜影看在眼里，痛在心里，但是开始几年，他并没有伸出援手。他只是默默地看着那些圣人带着克特里人与黑魔军周旋。

　　圣人们带着克特里人设置陷阱，切割分离黑魔军大部队，一小块一小块地包围他们。他们利用优势兵力，试图逐个歼灭。只是黑魔军战士生命力太强，在克特里人眼里，似乎就是杀不死的人。包围圈已然形成，兵力也具有绝对优势，只是黑魔军战士总能杀散包围圈，反而形成全面砍杀克特里人的战斗局面。

　　胜影袖手旁观，有着他的考量。克特里人之所以面临如今的境地，就是人口太多，圣人太多。圣人们虽然聪明，但是容易野心膨胀，彼此之间勾心斗角。

S 洲的自然禀赋，无法支撑不断扩增的人口。国王们在相互争斗的同时，自然将目光转向 A 洲大陆。如果没有这些国王们的贪婪，也就不会有黑魔之战，也就不会落到今天这步田地。

克特里人不会做梦，没有梦想，注定就没有原始创新，注定就应该依靠特梅尔人，而不是想着如何消灭特梅尔人。亚诺历史已经充分证明了这一点。长期以来，克特里人就是在特梅尔人的文化主导下生活，两个人种相安无事地共生共处，一直到亚诺行星的毁灭。

克特里人应该像在亚诺行星上那样，维持 10 万人左右的规模，由一个圣人统领。这是最好的状态。胜影秉持着这样的观念，忍痛看着 S 洲上克特里人被黑魔军屠杀。同时，内心里又期待着这些圣人们都被黑魔军杀掉。

10 年之后，这样的期望果真到来。整个 S 洲，圣人们或在战斗中，或在逃亡中，甚或在熟睡中，渐渐被黑魔军战士一个个杀死。此时，克特里人口也下降到 7 万人左右。

直到此时，胜影终于决定下凡，显现真身，像阿彩走到衮虞面前那样，走到克特里人面前，传授他的理念、主张、道德、知识。克特里人无法做梦，不能像沐重和流雄那样托梦，亲自下凡，也只能是胜影的唯一选择。

胜影来到盛津仙洞，拜会了昌盛津。两个人寒暄了一番后，胜影提出请求，想要一种液体。克特里人就像用香水一样，时不时地将它涂抹在身体上，能够掩盖掉自身的体味，让人闻起来是特梅尔人的体味。

黑魔军战士的嗅觉像狗一样灵敏。这么多年来，圣人们想尽了各种心思，无论怎么躲藏，最终还是被黑魔军战士发现，这就是最主要的原因。

昌盛津答应了他的请求，很快就研发出这种香水。胜影来到克特里人中一瓶瓶派发下去。克特里人涂抹后，果真欺骗了黑魔军战士。

有一次，一名克特里人一不小心，迎面碰见一群黑魔军战士。正当他肝胆俱裂时，走在最前面的黑魔军战士耸了耸鼻子，皱了皱眉头，又仔细打量他一番，便微笑着打了一声招呼，带领这群战士，从他身边走过。

这件事后，克特里人将胜影视为仙人。他们不称他为圣人，因为这样的称呼太低。当然，这样的说法，也是源于胜影。他头上顶着又紫又蓝的光环，骑着一只五彩斑斓的巨鸟。这鸟儿像巨兽一样雄壮，又能展翅高飞。他不骑巨鸟在空中飞行的时候，脚下翻云吐雾，就像是踩着天上飘浮的云朵。这样的真神显相，实在是太神奇。

胜影说他比圣人还要高一等级，没有人会不相信。克特里人凭借直观的感受，打心眼里认定，他确实比圣人还要高明，尊称他为"影仙"。

克特里人将影仙派发的香水称为"圣水"。他们如此虔诚，以至于他们的新生儿第一声啼喊后，做的第一件事，不是喂他母乳，而是用圣水涂抹他全身。

在黑魔军战士全部老死之后，圣水已没有必要。影仙也就停止了派发。克特里人没有了圣水，就用泉水当作圣水，继续给新生儿涂抹。他们一根筋地认为，只有这样做，才能驱逐恶魔，永

保孩子一生平安。慢慢地，这演变成了一种宗教仪式。

阿伦纪元46年，影仙宣布，S洲的黑魔军战士已经全部死亡。这些战士只要不是被砍头杀死的，就必然是自然老死的。绝大部分是自然老死的。

克特里人听到这个消息，全部沸腾了。黑魔军战士就像恶魔一样，无处不在，凶残诡异。不再有恶魔相伴，克特里人终于可以在阳光下扬眉吐气，自由自在。可以结婚生子，成家立业，享受静谧安稳的田园生活。

"你的族人就像是你的牲口。"

当影仙准备发布独生子女命令时，施罗德哈哈大笑，脸上堆满了讽刺。

"我们养牲口，要它生几个，它就生几个。你的族人是你的牲口吗？你要他们生几个就生几个？"

"不控制不行。生活一安稳，我的族人就会大量繁殖，人口数量会直线上升。"

胜影叹了口气。

"你希望人口有多少？"

昌盛津很明白胜影的难处。

"控制在10万左右。那样他们就会只有一个圣人。我要收他为弟子，将他培养成首领。让他直接管理克特里人，我也就轻松多了。"

900多岁的胜影，觉得年事已高，直接管理这么多人，终究是一件劳心费神的麻烦事。

"以后具体事情，就由他代表我去处理。我只管大事。"

胜影的愿望，昌盛津又一次帮他实现。

"让男人吃这个。"

不久，昌盛津将胜影带到一间实验室里，从一个玻璃器皿里取出一个黄色药丸。

"它有什么作用？"

"它可以让男人精液里的精子数量下降。每月的排卵期行房，女人受孕的概率会减少50%。而在安全期，女人不可能意外怀孕。"

"就这能行？"

胜影不相信。

"还需要制度。"

不知何时，沐重也来到实验室。

"什么制度？"

胜影扭头看着他。

"一夫一妻制。"

这是亚诺社会的婚姻制度。沐重的提醒，让胜影不由得点头称是。没有一夫一妻制，仅仅靠药物降低受孕率是不够的。如果一夫多妻或者一妻多夫，那人口数量还是难以控制。

在自然世界里，一个雄性拥有多个雌性，或者一个雌性拥有多个雄性，这样的例子比比皆是。就拿鹿群来说，为了保证遗传质量和种群延续，所有的雌鹿都会本能地追求鹿群里最强壮的雄鹿，形成一头雄鹿带着几十头雌鹿共同生活的现象。

克特里人遵循着本能的发展观。女人都愿意和最强壮的男人组建家庭，即便他已经拥有好多个的女人，她也完全不介意。女

人从怀孕到生子，长达 10 个月，这期间男人是空闲的。种群不允许这样的浪费，特别是对于最强壮的男人来说，更是如此。让喜欢他的其他女人接替上，成为他的老婆，形成一夫多妻制的家庭，便是再自然不过的事情了。这样一来，女人和男人都不会白白浪费繁殖期，可以最大化地提高繁殖率，提升族群的人口数量。

特梅尔人也遵循着本能的发展观。他们认为，要想提高后代的质量，就必须尽力避免近亲繁殖。他们自然而然地采取一夫一妻制度，过着小家庭的生活。这样一目了然，不会出现兄妹或姐弟结为夫妻的情况。而反观克特里人的一夫多妻家庭，父亲的孩子实在太多，一不小心，就会兄妹或者姐弟搞在一起，发生近亲繁殖。

这原本是生物进化的两种自然选择。前者种群数量大，但是智力水平低。后者种群数量小，但人很聪明。在这个客观世界里，种群延续各有各的生存之道，无所谓一夫一妻或者一夫多妻、一妻多夫。

特梅尔人规定一夫一妻。如果出现一夫多妻或者一妻多夫，那就是堕落的、腐朽的，必须予以严格禁止和严厉打击。

这就是特梅尔人比克特里人高明之处。特梅尔人会做梦的本事，让他们能够想象出这世上并不存在的东西。他们把幻想出来的制度说成"道"，说成"德"，要求人们必须守德，不然就会受到道的惩罚。

"这药效如何？"

胜影又担心，每个成年男子时不时就要吃它，那派发工作就会没完没了。

"这是 DNA 药物。只需要吃一次，就写进了男人的基因里。精子数量会下降到一个低的水平。这个低水平会遗传给下一代男性。一代又一代传下去。"

昌盛津的药物说明让胜影非常满意。他决定暂不发布独生子女令，而是全面实施一夫一妻制。让一对夫妻只生一个孩子，这怎么管得住？怀上第二胎后让女人流产吗？对于一夫多妻的克特里家庭，女人一多，男人更管不住自己。家里女人一个接着一个怀孕，然后一个接着一个流产？这样的状况，男人们肯定不愿意。

人口增长的关键还是在一夫多妻上。如果废除一夫多妻，实行一夫一妻，再配上黄色药丸，一定能够有效控制人口增长。假若这样做还不管用，再实施独生子女令也不迟。

"以后盛津仙洞就是开放实验室，你们都可以来这儿做研究，发明新东西，别老是麻烦我。"

昌盛津的话，让沐重和胜影听了，面面相觑。

15. 阿伦纪元 52 年

阿伦纪元 52 年，阿伦 81 岁仙逝。他在临终时带着一份遗憾：他没有亲眼见到那个梦境中头戴光环的白衣人。他认定这个白衣人就是神。

阿伦的离世，对于流雄来说是利好。阿伦生前对全混血儿的严格管制，让流雄非常不满，但又无可奈何。流雄深知，如果没有强大的科技支撑，他走进特梅尔族群里，就是一个普通人而已，甚至不如普通人。他不会采摘，不会围猎，吃不下他们的食物，抵抗不住他们的病毒。

流雄也不可能带着梦境纠缠仪、头顶着紫蓝光环来到特梅尔族群里，那样人们会迷信神器而不是他。胜影的那句话——如果他们见到我们，还会把我们当神吗——是对的。他绝不会像胜影那样，出现在特梅尔人面前，让阿伦匍匐在自己的脚下。

只有通过梦境纠缠仪，控制他们的意识和认知，让他们知道他的存在而又不知道他的长相，始终保持这份神秘感，才能让他们将他当作神，死心塌地，无怨无悔地追随他。

现在，流雄的那些信徒，也就是那些依靠梦境纠缠仪做梦的混血儿，再也没有阿伦先知的管束，不用听从阿伦先知的命令。

他们可以一丝不苟地执行流雄的旨意。

渐渐地，Ａ 洲大陆上的特梅尔人由族群发展出国家、领土和国王。这正是流雄所期望的。他全力推进着亚诺文明在夏当上的复制，也对复制速度感到非常满意。

与流雄相反，沐重和宇归、迪奥、昌盛津一起，经常云游，欣赏夏当行星的山山水水，过着神仙般逍遥的日子。他们只是观察人世间，并不干预人世间。

他们并不认可流雄的做法。像流雄那样，通过梦境纠缠仪，做特梅尔人的神，仅仅凭借自己的旨意，驱使特梅尔人去照搬照抄亚诺文明的发展历程。这不是真正的复兴亚诺文明。这样做，只会让文明复兴成为流雄一个人的文明，文明之路只会越走越狭隘。亚诺文明终究是大众的文明，而不是某一个人的文明。

他们之所以观察人世间，是因为现在还不能阻止流雄的做法。他们等待着时机，等待夏当行星上能够出现世世代代都可以自主做梦，拥有自己梦想的特梅尔人。这是亚诺文明能不能扎根，能不能延续的关键。一旦出现这样的时机，他们就会采取行动，制止流雄的做法。

施罗德赞同沐重等人的观点，但是又和他们不尽相同。他不觉得远离人世间，不与特梅尔人面对面打交道，就能找到开启梦想的钥匙。他给沐重的印象是耐不住寂寞，喜欢在人世间游玩，其实这只是一方面而已。

施罗德从南极螺帽来到 Ｓ 洲不久，克特里人一直是黑魔军战士不停杀戮的人间。好不容易等到这些战士都老死了，胜影又推行人口控制政策。Ｓ 洲大陆上，克特里人少不说，还一根筋，完

全是一个无趣的人间。施罗德走了两趟，便再也没有兴致。在这儿，既找不到乐趣，也不可能找到钥匙。

"人世间最精彩最有趣的，还是在 A 洲。你应该去那儿。"

沐重看着施罗德整天愁眉苦脸，以为他耐不住寂寞，便给他指明方向。

"怎么去呢，我的神兽和飞行云台，都飞不过 W 洋。"

"没关系，我让迹语号穿梭机载你过去。"

"那我回来怎么办？"

"和我联系，我再去 A 洲接你。"

沐重递给他一个带麦的耳机。

"不过，你玩耍的时候，要顺带着寻找会做梦的人。"

"我怎么知道他会呢？"

施罗德觉得沐重交给他的任务很难完成。

"你去了自然会知道。"

沐重踩着飞行云台，来到盛津洞，登上迹语号穿梭机，径直飞到施罗德跟前，示意他赶紧登机。

"那好吧。我先去那边瞧一瞧。"

施罗德带上他的神兽狮头马，还有他的飞行云台，登上了迹语号穿梭机。

阿伦之所以能够自发做梦，是因为梦境纠缠仪的诱导。但是全混血儿同样也被梦境纠缠仪所诱导，却始终不能自发产生梦境。这究竟为什么，沐重和昌盛津讨论过很多次，一直百思不得其解。

在 A 洲，施罗德见到很多会做梦的全混血儿。正如沐重所说的，只要一见到全混血儿，便可心知肚明。全混血儿的眼睛是灵动的，也是神采奕奕的，很明显地表露出他比半混血儿，或者土著特梅尔人更有主见。

每天清晨，看见全混血儿醒来，施罗德就会和他们交流。交流过程中，施罗德发现，他们谈论的往往是他们的梦境。这些梦境，究竟是流雄传递给他们的，还是他们自发产生的，就不得而知了。

"你来接我吧。我想回来了。"

施罗德和沐重商定好碰头地点。不一会儿，沐重如约而至，在一座高山上找到了他。他身边有一个高个子美女。

"她叫阿霞。我的弟子。"

在穿梭机里，施罗德躲闪着沐重的目光，语气忸怩地介绍了美女。

"怎么不多待些日子？这么快就想上山清净了？"

沐重心里感觉好笑，依照施罗德的花花心思，说她是弟子，只是托词。不过一眼看过去，她是一个全混血儿。

"到了后，让昌盛津见见你的女弟子，好吗？"

看见施罗德沉默不语，沐重这次表情严肃地询问施罗德。虽然他并不想直面这些夏当特梅尔人，但如今事已至此，也只能多一些交流。

"说起来你可能不相信，这也是我的想法。"

施罗德玩归玩，但也惦记着沐重交给他的任务。一直看不出端倪来，那就不如带一个全混血儿回来，让昌盛津好好研究。同时，他也可以好好享受她的热情。

阿霞在罗德仙洞里，过着施罗德赐予的神仙般的生活。她偶尔也去一下盛津仙洞。在那里，昌盛津用针筒抽取一点点阿霞的

血液。昌盛津为了奖励她，还让她服下长生不老仙丹。自那以后，她只感觉五体通泰，神清气爽，心境愉悦。却不知道，这个药丸可以让人多活50年。

"有什么发现？"

施罗德这天挣脱阿霞的缠绵，来到盛津仙洞。一见到昌盛津和沐重在实验室里，便迫不及待地想要知道结果。

"可能原因找到了。"

昌盛津面容严肃。施罗德一声不吭，等着他继续说。

"特梅尔人的大脑发育完全成熟，一般要到25岁左右。阿伦也是在25岁以后，才开始有梦想的。此时，他的大脑已经发育成熟。梦境纠缠仪表面上是一次又一次地让他做梦，实际上是一次又一次地诱导，最终诱导出自发做梦。等到第二个全混血儿出现，也就是阿伦有了第一个孩子后，情况就有所不同。梦境纠缠仪一直在量子广播，全混血儿从出生起就受到它的纠缠。在大脑发育的整个过程中，全混血儿的被动做梦被一次又一次地强化，而不是一次又一次地诱导。以至于大脑发育成熟后，被动做梦已成为固定模式，再也无法自发做梦。"

"这也说不通呀！阿伦从出生起也受到了量子广播，他怎么可以自发做梦？"

施罗德立即表示质疑。

"只能说，那个时候，我们的梦境纠缠仪其实并不成功。应该是在阿伦大脑发育成熟后，也就是他25岁之后第一次做梦时，梦境纠缠仪才真正获得成功。"

"你的意思，必须等到大脑发育成熟了，才能用梦境纠缠仪进行诱导。全混血儿才有可能自发做梦？"

施罗德看着昌盛津，心里想着，流雄的量子广播无时无刻，无处不在，夏当上恐怕永远也不会出现阿伦那样的人。

"我想是的。必须让流雄停止使用梦境纠缠仪。"

昌盛津大声说道。

"要他不用梦境纠缠仪，那不可能。"

施罗德条件反射般予以否定。

"你们看着我干吗？"

施罗德突然发现，沐重和昌盛津死死地盯着自己，好像办法写在他脸上。

"需要你参与一项实验。"

沐重微微一笑。

如果建立一个屏障环境，隔绝流雄的量子广播，就可以观察新生混血儿的大脑发育情况。等到他 25 岁后，再接受梦境纠缠，同时监测他的大脑反应。完成这个实验，就可以证明昌盛津的猜测是否正确。

"你和阿霞生一个孩子吧。他一定会是神的先知。"

昌盛津对未来的实验结果充满信心。

16. 阿伦纪元 117 年

在分家后的日子里，流雄通过梦境纠缠仪，让特梅尔人散布在世界各地。除了夏当行星的南极 N 洲，夏当行星的所有大陆，D 洲、F 洲、J 洲、S 洲，更不用说 A 洲，全都有了他们的身影。这些特梅尔人在世界各地建立了诸多国家。无论是农耕也好，还是游牧也好，所有的特梅尔人内心里虔诚地相信，上天确实有一个神，国王们和阿伦一样，是神派到人世间的先知。

在南极螺帽里，流雄在魔方系统的帮助下，不断改造升级梦境纠缠仪。魔方系统深入地分析了当年昌盛津的发明，提出了一系列的改进措施。升级后的梦境纠缠仪功能更强大。理论上，它可以纠缠无数个全混血儿。这让流雄可以托梦给所有的全混血儿。

魔方系统也参与进来，帮助流雄管理着所有的全混血儿。流雄的旨意，只要点一个按钮，就可以发布给全体全混血儿。也可以点对点，发布给单个全混血儿。为了覆盖所有的大陆、所有的特梅尔人，流雄将梦境纠缠仪发射到夏当行星的近地轨道。

魔方系统还强化了梦境纠缠仪的感知能力。梦境纠缠在传送流雄旨意时，全混血儿或多或少都会扭曲梦境，这就会扭曲流雄的旨意。这种扭曲，反映了全混血儿在接受流雄旨意的同时，也夹杂了自己的意志。梦境纠缠仪比起之前来，能够准确地感知到全混血儿的意志。魔方系统则通过它的感知，通过自己的算法，不断修正梦境扭曲。在一次又一次的梦境纠缠中，逐渐逼近真值，让全混血儿全面而准确地掌握流雄的旨意。

由于昌盛津死活不愿意发明意识提取仪，这让流雄的旨意传达不能像念头一闪那样迅捷。魔方系统只能将流雄手写或者口述旨意合成梦境影像，再传递给梦境纠缠仪。这确实影响了效率。流雄便让魔方系统优化了影像合成算法，让流雄口述或手写的旨意转化成梦境影像的速度得以大幅度提高。

在实用上，这是一个重大突破。全混血儿只会越来越多。再过些年，夏当行星上除了10万左右的克特里人，将都是全混血特梅尔人。随着文明的进步，全混血儿的人口体量也会越来越大，每个人都要随时得到流雄的旨意，生成梦境影像的效率，是衡量整个系统实用性的最核心指标。

沐重和昌盛津通过迹语号穿梭机上的魔方系统，也知道梦境纠缠仪的现状。当施罗德让阿霞怀上第一个孩子之时，沐重和昌盛津就开始研发屏蔽梦境纠缠的系统。他们将它称为天幕系统。等到阿霞生下第一个孩子时，天幕系统研发成功。它能够覆盖整个罗德圣山。

随着孩子长大，他的活动范围也相应扩大。他需要前往盛津仙洞，接受昌盛津的检测。为此，昌盛津将天幕系统覆盖到盛津圣山。由于施罗德经常带着阿霞和孩子走邻访友，于是沐重居住的重圣山，宇归居住的归圣山，迪奥居住的奥圣山，胜影居住的

影圣山，也在天幕系统的覆盖范围之内。等施罗德的孩子长到15岁时，他要在S洲上自由活动。阿伦纪元117年，昌盛津索性让天幕系统覆盖整个S洲。

南极螺帽里的魔方系统同样能知道天幕系统的现状。刚开始，流雄并不太在意。等到天幕系统能够覆盖整个S洲时，引起了流雄深深的不满。这样下去，天幕系统会覆盖整个夏当行星。梦境纠缠仪发射的量子纠缠就会被全部屏蔽。到那时，流雄就不能托梦给新生混血儿。他还怎么做特梅尔人的神！特梅尔人心中没有神，这世界岂不是乱套！

流雄越想越不安。他骑着汞龙，来到重圣山，敲开重仙洞的大门，与沐重进行了一场激烈的谈判。

"我正想和你谈谈，你就来了。"

沐重邀请流雄在茶桌前坐下，给他倒了一碗茶汤。

"现在，世界各地有了国家，文明在快速前进，你没看到吗？"

流雄喝了一口茶，很不解地看着沐重。

"不错，就拿A洲来说，大草原上原本都是原始的特梅尔族群，现在有了大大小小的国家。原始社会一下子就进入到了封建社会。"

"那你知道吗，天幕系统会阻碍历史进程？"

"不会，恰恰相反，它会让亚诺文明真正地复兴。"

"梦境纠缠仪发挥不了作用，你知道会是什么结果？人们没有了我，就没有了神。没有了神，就没有了信仰。没有了信仰，就没有了文明。难道亚诺文明不是这样的吗？"

"不是的，亚诺文明的本质是因为特梅尔人有自己的梦想。"

"如果没有神的指引，他们的梦想只是胡思乱想。"

"真正的神不是你，而是自然规律。亚诺特梅尔人，因为有自己的梦想，才能不断地创新，认识自然规律，遵从自然规律，运用自然规律。"

"我从亚诺行星上走来，拥有亚诺文明的所有知识。我直接告诉他们自然规律，这不就可以加速文明进程吗？为什么要浪费时间？让他们早一点儿进入我们曾拥有的文明，有什么不好？"

"我们的知识是有限的。"

"不，我们拥有魔方系统，它那儿存储着所有的知识。"

"魔方系统确实很强大，它拥有很多很多的知识，它也能集成这些知识而产生出新的知识。但是它没有梦想，无法原始创新。没有原始创新，文明就不能进步。"

"我可以原始创新，你也可以原始创新。我们这些人都可以原始创新。为什么我们不联合起来，做他们的神，共同推进亚诺文明。"

"即便算上胜影，我们加起来才九个人。你指望这九个人，就可以完成整个人类文明的原始创新吗？"

"这……这……这……"

流雄一时无言以对。

"你知道吗，过早使用梦境纠缠仪，会让全混血儿不能像你我一样自发做梦，让他们无法拥有自己的梦想。"

"他们有我们的梦想不是更好吗？"

"你好好想想，虽然我们的梦想更有内涵，更能加快他们的文明进程，但是等到他们达到我们的水平之时，仅靠我们九个人来推动文明继续向前发展，那会让步伐变得缓慢。"

"这……这……这……"

流雄再一次无言以对。

"你要始终记住，人类文明的进步，不是靠某几个人的梦想来推动的，而是依赖于成千上万个拥有梦想的人来推动的。"

沐重慷慨激昂。

"我们可以让夏当上的文明快速达到亚诺文明曾经有过的高度。到那时，再让他们拥有自己的梦想，难道不行吗？"

"不行！你的梦境纠缠仪，再不停止使用，全混血儿就不可能自发做梦了。"

"这个也能遗传吗？"

"我们还没有肯定的答案，不过我高度怀疑，依赖性做梦极有可能被遗传。这就是为什么我现在规劝你的原因。"

"能不能这样，S洲上现在也有不少全混血儿。你的天幕系统就罩着他们。其他的地方，就不要再覆盖了。"

流雄摊出了谈判报价。

"喝茶。"

沐重突然升腾起一股恼怒。讲了这么多道理，流雄还是执迷不悟。他冷冷一笑，端起茶杯。

"告辞！"

流雄见状，知道这是沐重要送客的意思，脸色一变，转身出门，骑上汞龙腾空而去。

流雄一走，昌盛津就来到重仙洞。

"你的说法有些武断了。"

听了沐重介绍双方谈话内容后，昌盛津不以为然。即便这一代全混血儿都不能自发做梦，但是他们的后代，只要不过早地接受梦境纠缠，还是可以自发做梦的。

"我这么说，只是想把问题说严重些，逼他别再插手人间的事情。"

"恰恰相反。他更希望全混血儿永远都别自发做梦。你这么一说，他回去以后，一定会肆无忌惮。"

"哎！我也确实不够冷静。不过你想想，如果按照流雄的做法，夏当行星最终出现的就是一个和亚诺别无二样的社会。到那时，我们又会回到雷萨的联盟时代。你还愿意做他的副主席吗？"

昌盛津微微摇摇头。

"夏当行星可以继承我们的血脉，但也要有它自己的选择。雷萨的联盟时代，即便亚诺行星不被毁灭，也必将被亚诺人民所毁灭。事实上，它也确实被亚诺人民毁灭。在夏当行星上，我们为什么还要重复这种毁灭？我们为什么不能让夏当行星上的人们做出自己的选择，实现自由发展？哪怕他们的选择也有可能带来毁灭，那也是他们的命运。我们需要让他们明白，命运掌握在自己手中，而不是掌握在神手中，更不是掌握在流雄手中。"

"那我们现在该怎么办？"

"扩大天幕系统，让它覆盖整个夏当行星。"

"没有足够的装备。S洲不大，天幕系统覆盖相对容易。我们每个人的山头上建有天幕系统，只需要将功率扩大一倍，就可

以完全覆盖这片大陆。现在要覆盖全球，需要有更多的装备和能源。到哪儿找这些？"

昌盛津摇摇头。

"那我们能破坏梦境纠缠仪吗？"

"你的意思，我们要去南极螺帽那儿，破坏它吗？"

昌盛津觉得沐重的这个想法不可思议。

"是的。"

"这是要神仙打架吗？我们几个人和流雄他们打一架吗？"

"那也不是，我们可以让夏当人去 N 洲，攻占南极螺帽。"

"我们没有梦境纠缠仪，如何让夏当人听从我们？"

昌盛津更没料到沐重会有这一招。

"像施罗德那样，只有亲自下凡，领导他们。"

"这个……"

昌盛津沉吟不语。

"如今，S 洲上有胜影领导的 10 万克特里人，其中有 6 万人可以训练成战士。这些年来，从 A 洲来的特梅尔人，也有 60 万人。这里面可以挑选像克特里人这样的勇士。粗略地算了一下，组建一支 10 万人的军队，应该没有问题。"

"那也寡不敌众呀。单说 A 洲的特梅尔人，现在也有 250 万人。再加上 D 洲、F 洲和 J 洲，至少 500 万人。这些特梅尔人，全都是流雄的信徒。虽然没见过流雄，但都知道他是人世间的神。从这些狂热的信徒中挑选勇士，组建一支 50 万人的军队，完全不在话下。再说了，天幕系统覆盖整个 S 洲不到 1 年。像施罗德的孩子那样，从来没被梦境纠缠仪洗脑的人，年龄尚幼，屈指可数。

除了这些孩子，S洲上的特梅尔人，全都是流雄的信徒。你所说的10万人军队，也组建不起来呀。"

昌盛津算的这笔账，也确实有道理。

"这S洲的60万人，流雄没法再托梦给他们了。只要我们下凡，展现一些神迹出来，S洲的特梅尔人会听我们的。他们更愿意相信眼见为实的神。"

"即便如此，那还是不行。真刀实枪干起来，他们和我们，5:1，力量对比还是悬殊呀。"

"克特里人一根筋，战斗力强，我们不是没有胜算。不过你所说的，也有一定道理。我们得等几年。等我们教化好了S洲的特梅尔人，才能出征，前往N洲，夺取南极螺帽。"

"那这几年，流雄不会先灭了我们？"

"这需要迪奥帮忙了。"

沐重微微一笑，显得胸有成竹。不过内心里，还是很后悔，刚才不应该太冲动，把流雄赶走。

沐重打算派迪奥去当说客，想要稳住流雄，保持现状。这样就可以有充分的时间来教化特梅尔人。迪奥当说客，是最合适的人选。他资格最老，年龄也最大，比较中立，说出来的话，也比较柔和。对流雄来说，迪奥也没有什么威胁，不至于将他扣留下来。

在回来的路上，流雄心中怒火中烧。等到汞龙飞抵南极螺帽，流雄翻身落地，紧急召集薇欧拉和森海商量对策。

"谈判不成功？"

薇欧拉一看到流雄的脸色，就明白是怎么一回事。

“沐重不同意？”

森海有些不相信。

流雄简单地介绍了他与沐重谈话的内容。讲完之后，大家一阵沉默。

“看来不得不消灭他们了。”

薇欧拉和森海异口同声，打破了沉默。他们一个是雷萨的妻子，一个是雷萨的忠实追随者。他俩和流雄，从阿隆索山脉的一处洞穴起，到迪瓦特城，再到特梅尔大平原、国王王冠山，最后到达太空岛。一路上，他们历经千辛万苦，培养出很深的感情。薇欧拉和森海自然会无条件地支持流雄。再说他俩在骨子里，和流雄一样，梦想着回到雷萨的联盟时代，那曾是一段美好时光。

“只能这样了。”

流雄点点头，内心里就等着他俩这句话。

“我的旨意现在到不了 S 洲。必须攻占它，销毁掉天幕系统。再将沐重他们统统抓回来，严加看管。”

“是的。我们可以派 A 洲的特梅尔人去进攻 S 洲。”

薇欧拉给出了具体的建议。现在全世界的特梅尔人都是流雄的信徒，领导他们打一场圣战，完全可行。

“不过 S 洲的克特里人听从胜影的领导。我关押过胜影，他肯定会死命抵抗。克特里人一根筋，战斗力很强。”

真要打起来，流雄还是有些忌惮克特里人。

“就算克特里人一个顶俩，我们也有足够的兵力。”

森海试图打消流雄的顾虑。

“再说了，虽然你的旨意现在不能到达 S 洲，但是它那儿的特梅尔人，还是信奉你为神。真要打起来，这些人会支持我们。有他们作为内应，S 洲不愁拿不下。"

薇欧拉觉得这场圣战胜算很大。

"那好吧。我们要打一场有把握的仗。战前准备工作量大，刻不容缓，应该……"

流雄正准备部署，没想到迪奥突然骑着虎足凤鸟登门拜访。

"好久不见，别来无恙？"

流雄笑脸相迎，恭敬地将迪奥请进了螺帽。他心里明白，迪奥这次回来，只怕是来当说客的。

"挺好的。谢谢您的挂念。"

"您这次回来，是要常住这儿吗？"

"这个……"

迪奥心想，这下坏了，流雄该不会不让他回去吧。在奥圣山的逍遥日子，迪奥是不愿意舍弃的。

"没事儿，您来去自由。不过我随时欢迎您回来和我们一起常住。"

"好的，好的。"

迪奥悬着的一颗心放下了。

"您来不是想长住，一定是有什么事需要我做，您就尽管吩咐吧。"

"也没有啥事，就是……就是……"

"您有什么话，尽管说。"

"我想呀，亚诺行星毁灭后，大家在太空岛上一起生活了800 多年。彼此相处很融洽。得亏昌盛津发明的长生不老药，我

们才会永远地活下去。现在您和沐重虽然分了家，不住在一起，但是还都在夏当行星上，以后肯定会有很多相见的机会。大家应该和和睦睦才好。"

"那是，那是。除了胜影，我们和你们，本来就是雷萨的部下和亲人。我们就是自家人，理应团结一心。"

"您这么想就太好了。我听说您去了重圣山的重仙洞，见了沐重。怎么不多留几日，我们也可以喝杯酒，叙叙旧。"

"原本我也想见见您的，只是沐重端茶送客，没有挽留，我也只好悻悻而归。"

"你走后，我去了沐重那儿，才知道你拂袖而去。我也责备了沐重。他现在有些后悔。"

"我不怪他。他虽然是我的外甥，但是年龄上，他还比我大一岁，我不应该计较。"

"我能理解，您俩都年轻，各持己见，这很正常。"

"您说的对。其实，沐重和我，也都是八九百岁的人了，不能说是年轻。这都怪长生不老药，让我们停留在年轻人的状态。"

"是呀，是呀，大家都年龄不小了。凡事都可以坐下来一起商量。总能达成一致。"

"沐重他的意思……"

流雄不想再绕弯子。

"我也劝说了他，他现在的意思，也觉得你的提议很好。他保证，天幕系统维持现状。"

"我妈妈的意思，能不能天幕系统就覆盖沐重的重圣山。或者，你们几个，如果愿意，也可以覆盖你们居住的山头。"

流雄这是出尔反尔，拿薇欧拉做挡箭牌。

"可是，可是，您当初可是说维持现状。"

"我妈妈的意思，也有道理。您想想，S洲的特梅尔人，万一和其他洲的特梅尔人信仰不一样，总不好。这会影响他们的团结。"

"对了，对了，我差点忘，这是我带给你们的礼物。"

迪奥拿出长生不老药。

"这是昌盛津最近研制的长生不老仙丹，比以前的更好。吃一颗仙丹可以延长60年的生命。我担心你们的不够用了，特意带了一些过来。"

"不必客气，我这儿有100年的。"

流雄依靠魔方系统，不仅破解了长生不老仙丹的生产工艺，还延长了药效。

"那我的心意枉然了。您的这个……哦，不对，薇欧拉的这个想法，我需要回去告诉沐重，问问他的意见。"

原本想，流雄他们需要昌盛津研制的长生不老药，这是很重要的谈判筹码。他们投鼠忌器，必定会做出妥协。真没料到，这个筹码如今变得一钱不值。

迪奥已然明白，这次当说客，注定无功而返。流雄显然是坐地起价，不肯让步。这矛盾一时半会儿无法调和，再多说也无益。搞不好把流雄说烦了，将自己扣留在这儿，那就倒了大霉。

"那也好，您再问问他吧。您难得来一趟，要不多住几日？"

"谢谢，谢谢，沐重还等着我回话，我就不耽搁了。"

迪奥赶紧千恩万谢，骑着虎足凤鸟，往回飞去。

望着迪奥离去的身影，流雄冷笑着。当初谈判时，给沐重一块自留地，结果给脸不要脸，现在又想反悔，没那么便宜的事。流雄的杀心更重了。

迪奥向沐重详细讲述了这次会见的经过。他最后提醒沐重，流雄已有下手的准备，势必会发动战争，夺取S洲，销毁天幕系统。

"真没想到，他们居然剽窃我的成果。"

迪奥出发前，昌盛津特意拿出长生不老仙丹让他带上，指望着它能发挥作用。流雄就这么破解了它的生产工艺，一时间让昌盛津很不爽。

"没关系，谈判无非就是两种结局。要么达成一致，要么不欢而散。迪奥说的对，流雄势必会发动战争，我们当务之急，还是赶紧做好防备。"

沐重宽慰着迪奥和昌盛津。

"我们怎么抵御他们的进攻？"

宇归皱着眉头。仅仅依靠克特里人，只怕兵力不足。

"我在回来的路上，特意绕道A洲，俯瞰了它的现状。在圣战关沙滩上，特梅尔人正在打造海船。我猜测，流雄这是在做战争准备了。"

迪奥断定，这些海船就是战船。

"胜影呢？是不是应该叫他来一趟。"

宇归提醒沐重。这么多年来，胜影一直专心控制着克特里人口，一直忙着教导克特里人。他很少和沐重他们交往。

"是的。是的。昌盛津，你快去请他来一同商议。"

昌盛津曾帮胜影再造了一只左手，他一直心怀感激。让昌盛津请他来，他一定会来。

"需要我怎么做？"

胜影知道战争终将打响，立即表现得义不容辞。

"我想让你组建军队。就像当年的黑月军。你的这支军队，我们就叫它天幕军。你就是天幕将军。"

"遵命。"

天幕将军向大家抱了抱拳，转身离去。

"这场战争，流雄看来需要准备10多年。时间还来得及。赶紧下山，让特梅尔人见见我们这些活神仙。"

沐重看见施罗德脸上堆满了笑意。

现在的S洲，已经不是从前的样子。特梅尔人建立了14个大大小小的国家。这里的生活，也像A洲一样多姿多彩。只是沐重怕他影响神仙的形象，一直不允许他下山。再说阿霞在他身边，即便下山，也得带上她，总不是那么随心所欲。施罗德只能偶尔央求沐重开着穿梭机，载着他前往A洲人间，寻求一下快乐。只有这个时候，阿霞才不跟随着一起去。现在沐重要亲自下凡去人间，自然不会拦着他了。他可以打着陪沐重一起的名义，让阿霞就在罗德仙洞待着。

很快，沐重他们便分头行动，骑着各自的神兽，或者站在飞行云台上腾云驾雾，在一个又一个国家里显现真相。

沐重骑着龟背象出现在国王们面前。每一个国王看到他，就不由得打心里感到神奇。他向他们展示了面相术。他在国王们面

前夸下海口，只需要看一眼国王的面相，就可以知道他的一切。

沐重将国王的人生经历娓娓道来，说出他内心里曾有过的想法。沐重还告诉国王，他的大臣们，谁是忠臣，谁是奸臣。沐重说的这些，全都千真万确，让国王们惊讶得目瞪口呆。

其实，沐重所说的这些，不过是魔方系统提供的信息。他在径犹号或迹语号穿梭机上的魔方系统，和南极螺帽里简社大殿的魔方系统是相连的。

这些国王们和大臣们，都是全混血儿，都能被动做梦。流雄只会选取全混血儿，暗中帮助他们成为统治阶级。通过掌控他们，进而掌控所有特梅尔人。

流雄的梦境纠缠仪每天都和国王或大臣梦境纠缠，自然知道他们的一切。这些信息都在流雄的魔方系统里存储着，沐重也能够分享得到。

当然，通过大数据分析，魔方系统还会做出十分准确的预测。比如国王们的王后，什么日子怀孕或生孩子；国王们的幼儿，什么时候会走路或说话；国王们的大臣，什么时候会撒谎；等等。这些预测通过沐重的口说出来，也都一一应验。

昌盛津踏着云霞水母来到人间，见到盲人，便让他重见光明。见到哑巴，便让他欢歌笑语。见到聋子，便让他听见鸟鸣。见到瘸子，便让他行走如飞。见到病人，便让他健康如初。

施罗德骑着狮头马在大街上走着，遇见饥饿之人，他就变出菜肴送给他们。遇见睡在路边的流浪儿，他就变出房子送给他们。遇见挨冻之人，他就变出棉衣送给他们。他可以变出人们需要的东西送给他们。

宇归骑着飞熊在农田上空飞过，干旱的稻田立刻就有了甘霖。在山林里飞过，奔腾的山洪立刻就成了溪流。在江河上飞过，翻腾的波浪立刻就归于平静。

迪奥骑着虎足凤鸟，让猴学会识字，让鸡学会报时，让狗学会牧羊，让鸟学会说话。

S洲的特梅尔人看着他们头顶紫蓝光环，腾云驾雾而来，腾云驾雾而去。所有的人都视他们为仙人，视他们为神的使者。

"我们这样下去，岂不是让特梅尔人更加迷信神，那不就是更加迷信流雄。"

将近10年的时间，施罗德感觉背离了初衷，忍不住担忧起来。

"这又何妨。等到流雄的军队从A洲打过来时，国王们会觉得神的使者就在眼前，肯定会怀疑他们不是神派来的。"

沐重对人的心理分析，实在太独到了。

"我们完全可以说他们是异教徒。不是神的军队，是恶魔的军队。"

宇归一说完这话，便发出爽朗的笑声。

"在天幕系统之下，这些国王们、大臣们，还有其他全混血儿，他们不再做梦，会不会不再相信神。"

迪奥这么一问，让大家沉重起来。

"肯定不会。神就在他们身边，还需要梦见神吗？"

施罗德的反问，又让大家哈哈大笑起来。

"众仙们，你们在笑什么？"

沐重他们，回头一望，只见胜影从龙月蓝鸟上跳下来，走进盛津仙洞。

"天幕将军，你来得太好了。圣战关的情况如何？"

沐重正想知道，流雄的战船打造得如何。

"这些年来，我主要是训练天幕军。而这段时间，我主要是侦察敌情。圣战关已经建造了300艘战船，每艘船估计可以载700~1000人，这意味着流雄的军队至少有20万人。在A洲、D洲、F洲和J洲等地，有很多工坊在生产各种战备物资。他们的装备打造得很充足，很精良。我看他们的准备工作差不多完工了。"

"看来流雄铁了心要消灭我们。"

沐重并不吃惊。比起黑魔之战时期的S洲，流雄统治下的A洲，生产能力增加了10倍不止。当年发动一场5万人参加的黑魔之战，克特里国王们前后准备了20多年，而如今这场20万人参加的战争，流雄却只花了10年的准备时间。

迪奥走后，流雄和薇欧拉、森海在一起，商讨了详细的作战方案。为了让所有的人热情高昂地支持这场正义的战争，流雄将沐重他们定义为魔鬼。

魔鬼们通过天幕系统，屏蔽了神的旨意，试图让S洲的特梅尔人沦落为邪恶的异教徒。他们将会过着悲惨而痛苦的生活。S洲注定会是人间地狱。

魔鬼们冥顽不化，拒绝接受神的劝诫。神的虔诚信徒，必须紧密团结起来，进行一场圣战，将魔鬼们予以彻底的消灭。

魔方系统将流雄的这些观点，转换成梦境影像，通过量子广播，纠缠到每一个全混血儿的梦境中，让他们每天醒来，就像打了鸡血一样，异常亢奋地投入战争准备工作中。

依据魔方系统有关S洲有效战斗人员的分析报告，流雄决定在 A 洲大陆上组建 20 万人的军队。流雄称之为"螺丝军"。螺丝军分成 20 个师，每个师 1 万名战士。选取 20 个国王作为将军，每个将军统领 1 个师。每个师由 1 个 2000 人的铁骑团和 8 个 1000 人的步兵团组成。

流雄为每一名战士精心打造全副武装。螺丝军战士将身穿犀牛皮铠甲，手持合金钢长枪，腰悬不锈钢宝剑，斜挎钢丝弦的枫木长弓以及装有 20 只铁头羽尾箭的箭壶。骑兵团的每匹战马还将配备河马皮具装甲。为顺利横跨 W 洋，流雄设计并制造 300 艘能容纳 1000 名战士的战船。为攻打关隘，螺丝军装备铜制火炮 2000 尊。

为了这场圣战，流雄将 D 洲、F 洲和 J 洲作为后勤保障基地，充分利用它们的自然资源，源源不断地提供粮食、草料、牲口、矿石、木材、火药等等战备物资。

流雄与薇欧拉、森海反复推敲和推演，确定了作战计划。S 洲崇山峻岭，山高路险，沐重他们必定会设置诸多关卡。螺丝军每到一处关卡，应先用火炮进行一番狂轰滥炸。炸开关卡后，再策动步兵团杀入关内，进行单兵肉搏。骑兵团发挥快速机动的优势，绕到关卡背后伏击或追击溃散的敌军。

以沐重等 6 个魔鬼居住的圣山作为攻占目标，确定 6 条进攻路线，一同进攻。每 2 个师负责打通一条进攻路线，攻下一座圣山。剩余 8 个师实施机动策应。

鉴于克特里人的强悍战斗力，攻打影圣山的 2 个师采取围而不打的战术策略，等待其他圣山攻克后，再调集所有兵力，给予胜影最后一击。圣战力求让 S 洲全面爆发战争，迫使沐重等魔头

只能独自为战，相互不能支援。流雄计划在一年之内结束全部战争，获得全面胜利。

流雄命令薇欧拉负责军队组建、训练以及战斗指挥。命令森海负责武器装备制造。而他自己，则负责战争宣传和后勤保障。

为了高效组织、指挥、指导这场规模浩大的圣战，流雄和薇欧拉、森海需要密集使用梦境纠缠仪。此时土著特梅尔已经很少很少，全混血儿占特梅尔人总人口的99%。仅靠一台梦境纠缠仪传达旨意，是远远不够的。流雄让魔方系统生产了两台梦境纠缠仪，并将它们发射到近地轨道。

流雄、薇欧拉和森海，各使用一台梦境纠缠仪，开始不分昼夜地托梦。信徒们不仅仅在夜间睡眠时，就是在白天打一会儿盹，也同样会梦到他们的旨意。

流雄在战争宣传方面用足了气力。他托梦告诉他的信徒们，在S洲的兀伐皇帝和朵钰皇帝时期，克特里人血腥残杀特梅尔人的一系列历史事实。在神的帮助下，阿伦先知成功地反击并剿灭克特里人。

在和平时期，神派遣信徒前往S洲，教化克特里人。然而魔鬼的力量不容小觑。现在克特里人又死灰复燃，不仅自己拒绝神的教化，而且让特梅尔人也得不到神的教化。如果不立即发动圣战，一举消灭魔鬼们，只会养痈遗患，最终，神的信徒便会重蹈历史覆辙，让全世界的特梅尔人深陷黑暗地狱。

流雄的战争宣传达到了超出预期的效果。A洲、D洲、F洲和J洲的特梅尔人群情激昂，纷纷表达了誓死效忠流雄、消灭魔鬼的决心。

17. 阿伦纪元 128 年

阿伦纪元 128 年初，流雄看到战争准备已经完毕，下达了神的旨意，正式启动了圣战。他称之为"梦境圣战"。

螺丝军的 300 艘战船浩浩荡荡，满载着战士和战马，在 W 洋上向着 S 洲进发。尾随在战船后的是密密麻麻、大大小小的民用船只，上面装载着各种保障物资。

"螺丝军出发了。"

天幕将军骑着龙月蓝鸟，来到重仙洞。

"我们该如何应对？"

沐重看着大家。

"此次战争，流雄仅仅用了 10 年的时间，就做好了战斗准备，而我们势单力薄，只怕凶多吉少。"

迪奥显得很悲观。

"我们必须保护那些从没有受到梦境纠缠仪影响的全混血儿。这是首要任务。我们应该立即召集那些全混血儿，由阿霞带领着，前往影仙洞。"

昌盛津的提议，让大家不由得频频点头。这些孩子中，最大的当属施罗德的孩子，他也还差 1 年，才年满 25 岁。这些孩子还必须继续接受天幕系统的保护。他们是自发做梦的火种。只要他们还在，亚诺文明的根才能保住，夏当行星才有希望。

"按照这个想法，我们的策略就是拖延战争，尽可能地让

这些孩子们长大成人。有自己梦想的人越多，我们的拖延才越有意义。"

宇归看着胜影。

天幕军的主力是克特里人，他们的战斗力最强，持久抵抗的指望就在他们身上。而他们能否一根筋地坚持战斗，保护那些全混血儿，完全取决于胜影的态度。

"你们放心，我决不会投降。"

胜影欣然接受保护这些孩子的神圣任务。

"胜影的克特里部队收缩防守，在影圣山脚下建立坚固的防御阵线。而我们一方面安排少量的兵力，引诱螺丝军进攻，另一方面调遣主力布防影圣山外围。在不利局面下，我们可以放弃我们的圣山，转移到影圣山。"

施罗德提出了具体的战术建议。

"很好！螺丝军必定会以我为重点目标。你们的圣山如果无法守住，就先向重圣山转移，再次引诱螺丝军的主力围攻。如果重圣山守不住，我们才向影圣山转移。我们要让螺丝军认定，重圣山才是整个战争的最终目标。为此，我们需要准备两套军服。一套给克特里人穿，另一套给特梅尔人穿。但是，特梅尔人的部分战斗主力也穿克特里人的军服，这样迷惑螺丝军，让他们以为有克特里人的地方，就是我们重点防守的地方。"

沐重进一步完善了应战方案。

沐重、昌盛津、施罗德、宇归和迪奥，分赴 S 洲 14 个国家，在国王们面前进行战争动员。

他们的说辞和流雄的如出一辙。A 洲的异教徒受魔鬼迷惑，打着神的旗号，要全面进攻 S 洲。战争即将爆发，不过大家不要紧张。有神的使者在，一切尽在掌控中，最终会取得全面的胜利。

国王们纷纷表态，愿意将自己的军队交给神的使者统领，共同抵抗异教徒，并发动本国民众，做好战争保障。

流雄任命阿力国王为螺丝军第一师将军，阿诚国王为螺丝军第二师将军，共同攻打迪奥的奥圣山。前往奥圣山需要经过两个国家，有三个关隘地势险要，易守难攻。打下这三个关隘，就可以直抵奥圣山脚下。

阿力和阿诚两位将军，指挥两个师的兵力，很快就攻破前两个关隘，来到第三个关隘。迪奥率领 2 万名天幕军防守。其中 18000 名天幕军战士身穿黄色军服，全部为特梅尔人。另有 2000 名天幕军战士为精锐部队，身穿红色军服。这里面有 1800 名彪悍的特梅尔人，只有 200 名才是真正的克特里战士。

战斗打响后，阿力和阿诚的 200 尊火炮齐鸣，很快就打开关门。螺丝军战士蜂拥而上，与天幕军短兵相接。战斗持续了一整天。看到天色已晚，阿力和阿诚鸣金收兵，停止了第一天的战斗。

在这一天的战斗中，迪奥派出了天幕军里的红色精锐部队。红色战士里面有真正的克特里人，战斗打得异常勇猛，给阿力和阿诚二位将军留下了深刻印象。在前两个关隘的战斗中没有遇到过红色战士，阿力和阿诚便以为他们全都是克特里人。

战斗连续进行了三天。螺丝军战士没有天幕军红色战士勇猛，但单兵装备非常精良，整体战斗力略胜一筹，再加上人数上占有明显优势，到第三天的战斗结束时，红色战士所剩无几。

迪奥看到败局已定，准备第二天放弃关隘，退守奥圣山。在夕阳的余晖即将消失的时候，昌盛津踏着云霞水母飘然而至。

"你不守盛津圣山，跑到我这儿来干什么？"

"给你送一件宝贝。"

昌盛津从怀里拿出一个密封的琉璃瓶，递给垂头丧气的迪奥。

"这是什么？"

"这里面是白色粉末，你晚上撒到螺丝军的军营里，第二天便可知晓。"

昌盛津转身腾空而起，消失在云雾里。

迪奥按照昌盛津的吩咐，在阿维罗卫星升上夜空时，骑着虎足凤鸟来到螺丝军的军营上空，将琉璃瓶里的白色粉末尽数撒出。

第二天清晨，迪奥来到关隘制高点，向螺丝军军营俯瞰，发现军营里异常安静。一直等到夕阳西下，也不见敌方有任何动静。

再到第三天，敌方军营里传来一阵阵哀号之声。哀号之声从早到晚一直持续了七天，便见到敌方军营里不时地有人搬出尸体。又过了七天，尸体已经堆积如山。这个时候，迪奥才明白，那琉璃瓶的白色粉末，原来是致命病毒。螺丝军里肯定出现了瘟疫。

迪奥原本想乘此机会袭击螺丝军，但是转念一想，如果与对方交手，只怕也会被瘟疫传染。正在犹豫不决之时，昌盛津又头顶紫蓝光环，脚踏云霞水母飘然而至。

"你将这瓶里的蓝色粉末，化在水里，给你的战士们喝了，他们便不会感染瘟疫。"

"这是疫苗吗？为什么上次不一起给我？"

"你这儿又没有冷藏箱。那个时候给你，现在早就失效了。"

昌盛津没有说实话。上次来的时候，他并没有研发出疫苗。螺丝军里有了瘟疫后，昌盛津派人偷取了螺丝军的死尸。通过这些天加班加点的实验，他才研发出疫苗。

昌盛津不敢道出实情，害怕迪奥心里不好想。没有研发出疫苗，就释放致命病毒，很有可能一发不可收拾，瘟疫会扩散传到迪奥的部队里。这种伤敌八百，自损一千的做法，明显有牺牲掉迪奥的意味。

迪奥接过琉璃瓶，吩咐手下立即化成汤水让战士们喝下。紧接着，反击的号角吹响，天幕军倾巢而动，杀向螺丝军。顿时，哀号声中伴随着惨叫声，螺丝军丢盔弃甲，死伤无数。阿力和阿诚带着 5000 多名战士，亡命般地退回到第二关隘里。

迪奥的这场胜利极大地鼓舞了 S 洲的特梅尔民众。他们看到螺丝军在即将胜利之时恰巧患上疾病，更加坚信这是神在显灵。眼前的迪奥确实是神的使者，而来自 A 洲的螺丝军确实是打着神旗号的异教徒。

阿强国王和阿胜国王领导的螺丝军第三、第四师同样遭遇到失败。他们在进攻罗德圣山的过程中，遇见了更加奇幻的事情。按照地图上的进军线路，原本在三天之内可以抵达关隘。可是走了七天，也不见关隘的影子。最终走进了一个峡谷的尽头。等他们想转身原路返回时，却被乱石堆堵在了峡谷口。

施罗德率领着天幕军在峡谷口上占据制高点，乱箭齐发，乱石齐扔，打得螺丝军鬼哭狼嚎，死伤惨重。阿强和阿胜好不容易用炮火将峡谷口的乱石堆炸开一个缺口，急急忙忙择路而逃。明明沿着溪流而下，就可以逃进关隘。可是走着走着，眼看着关隘

就在前方，等快到跟前，关隘居然消失了。再择路而走，又进入到另一个死胡同里。

整整一个多月下来，阿强和阿胜才领着4000多名残兵败将，退回到海边。施罗德领导的天幕军，经此一役，获得了决定性胜利。

"我们的VR虚拟现实增强技术，太管用了。"

施罗德在给沐重汇报战果时，由衷地发出感叹。

在迎敌螺丝军第三、第四师的进攻时，施罗德和昌盛津、沐重一起，联合研发了VR虚拟现实增强装备。他们把这些装备安放在螺丝军必经的分岔点上。等到螺丝军转过一个山弯，来到分岔点时，装备开启。

阿强和阿胜并不知道眼前看到的是虚拟现实场景。场景非常逼真，让螺丝军毫无察觉，以为还是在既定的线路上行军。虚拟现实场景会慢慢淡去，最终恢复到真实场景。可是等到螺丝军发觉不对头时，已经进入了天幕军的伏击点。

S洲的国王们开始还有疑虑，不相信螺丝军会老老实实地进入伏击点。可是当他们跟在施罗德身后，站在山顶上俯瞰螺丝军的行军时，不可思议的事情发生了。螺丝军在正确的行军路线上走得好好的，却突然莫名其妙地拐个弯，像灌了迷魂汤似的，直奔伏击点。一次又一次的亲眼所见，不由得让他们打心眼儿里相信，眼前的施罗德就是神的使者。

神的神迹在螺丝军的每一条进攻线路上显现。攻击宇归的螺丝军第五、第六师，往往会在艳阳高照的天气下，突然遭遇狂风骤雨的袭击。等到雨过天晴，又会遭遇泥石流或者山洪的袭击。还没走到关隘，人员已经损失过半。

　　好不容易兵临城下，来到关隘口，偏偏又遇上绵绵细雨，一下就是一个整天，持续一两个月。等到天空终于晴朗，螺丝军推出火炮，轰炸关口时，才发现火药已经透湿，根本无法使用。

　　好不容易等到火药晾干，可以使用时，关隘里突然杀出红色战士。这些战士玩命地厮杀，让螺丝军肝胆俱裂，闻风丧胆，抱头鼠窜。

　　攻击昌盛津的螺丝军第七、第八师更惨。昌盛津研制出巨型凸透镜阵列，摆在关隘周围的山头上。等到螺丝军在关隘前安营扎寨后，巨型凸透镜阵列立即发射出成百束强光，照射敌方军营的草料仓、火药仓、粮食仓。不一会儿，草料仓和粮食仓便火光冲天，火药仓便爆炸声不断。随后整个军营便陷于一片火海中。大火过后，昌盛津再派出红色战士，将螺丝军的残余尽数剿灭。一场战斗下来，螺丝军几乎全军覆灭。

　　螺丝军第九、第十师一开始就不顺。他们刚刚登陆上海滩，还没集结完毕，便遭受了大象、狮子、老虎、豹子、狗熊、野牛、野猪、野狼的袭击。这些动物成群结队，向着螺丝军猛扑，咬死咬伤一大批战士。

　　螺丝军好不容易打退这些野兽，在山林里行军时，又遭遇到铺天盖地的马蜂。螺丝军战士们被马蜂蜇得哭爹喊娘，恨不得有个地洞钻进去。

　　马蜂袭击后，来到晚上，战士们正准备睡觉时，漫天飞舞的银腹巨蚊发出令人心烦的嗡嗡声，通宵不停，疯狂地叮咬螺丝军战士。

　　等到第二天吉瑟恒星升起，阳光普照大地，银腹巨蚊散去，

疲惫不堪的螺丝军准备继续行军时，战士们又得了疟疾，一个个不是寒战，就是高热，再不就是大汗淋漓，最后纷纷倒下，一病不起，呜呼哀哉。

等到这些磨难都过去，螺丝军已经斗志全无，无心恋战。沐重立即派遣红色战士，给予螺丝军最后一击。螺丝军第九、第十师就这样全军覆灭。

真正的战斗发生在胜影领导的天幕军与螺丝军第十一、第十二师之间。这两个师按照预定的作战计划，负责打通前往影圣山的路线。然后在影圣山脚下形成合围之势，围而不打，只等着其他圣山被拿下后，全部兵力在这里集结，发起最后的攻势。

胜影知道其他圣山的战役均已告捷后，便不再坚守不出，决定发起突袭。胜影心想，克特里战士6万人，对方只有2万人，不乘此机会以多打少，往后敌方增兵再战，那势必陷于被动挨打的局面。再说，已经坚守不出三个多月，螺丝军明显有了懈怠。

胜影立即下令，全军出动。只见红色战士，像一股火龙，蹿进螺丝军军营。在刀光剑影中，螺丝军顿时血流成河，横尸遍野。仅仅三天的时间，便将螺丝军杀得片甲不留。

战争进行到这一步，螺丝军还剩下8个师的机动部队，即便加上败兵，也不足10万人。相比天幕军，兵力上已不占优势。前方逃回来的螺丝军战士描述兵败的经历，更令螺丝军的将军们心生疑惧。

他们开始怀疑，天幕军真是魔鬼的军队吗？神是万能的，天幕军标榜自己是神的军队，现实情况，他们也确实战无不胜攻无不克，难道他们真的是神派来的？难道我们的神是假的？将军们突然意识到，来到 S 洲后，再也没有梦到神的旨意。

将军们有了怀疑，自然也有了恐惧。将军们信仰都已崩塌，更不用说战士们。螺丝军自此不敢再战，纷纷向海边集结，打算撤回 A 洲。

沐重敏感地意识到全面反攻的机会已经来临。时间一长，让螺丝军剩余部队回到 A 洲，必将后患无穷。他立即集结各路兵马，以胜影的克特里人做先锋，展开反扑。他同时调遣黄色战士，乘坐海船，绕到螺丝军登陆的海面上，以防螺丝军从海上逃回 A 洲。

最后的战役在预期中圆满收官。螺丝军战士不是战死在海滩上，就是葬身鱼腹中。流雄对于战争在一年内结束的计划确实提前了，不过令人讽刺的是，战争以流雄的完败收场。

14 位国王站在 6 位仙人身后，亲眼看到螺丝军的覆灭，立即齐刷刷地对仙人们倒头跪拜，口中高呼："神万岁！使者万岁！仙人万岁！"

18. 阿伦纪元 132 年

流雄、薇欧拉和森海坐着映旗号穿梭机，在空中俯瞰了梦境圣战的最后决战。在返回南极螺帽的一路上，他们沉默不语。

"怎么会这样？"

森海一进简社大殿，便打破了沉默，一副不可思议的神情。

"失败的原因，还是天幕系统。"

薇欧拉阴沉着脸。

螺丝军一踏上 S 洲，就像离弦的箭，再也无法掌控。天幕系统隔绝梦境纠缠仪的量子广播，他们的旨意根本无法传达。作战计划也不能依据战局变化做出适当调整。战争期间的每一次胜利或失败，也需要进行宣传。梦境纠缠仪不起作用，神的鼓励和鞭策无法传达给每一名战士。

"他们下凡人间，更关键。"

流雄一语中的。世间的人，更相信亲眼所见。沐重他们利用现代科技，在人面前装神弄鬼，说成是神在显灵，自然容易骗得人们的迷信。现在 S 洲大陆上的特梅尔人，都虔诚狂热地相信他们就是神的使者，甚至螺丝军也对自己一直信奉的神发生了动摇。这不能不说是圣战失败的最关键因素。

"下一步该怎么办？"

"以静制动，先观察一下他们的行动。"

流雄应付着森海的问题，心里也没有主张。

沐重取得胜利后便有了夺取南极螺帽的意图。他想乘着战争胜利，民情高涨的势头，夺取 A 洲，然后再南下穿过赤道，夺取南半球的 D 洲、F 洲和 J 洲，将天幕系统覆盖整个夏当行星，实现全世界人民的思想解放。

到那时，他将带领昌盛津等人回到南极螺帽，逼迫流雄、薇欧拉和森海毁掉梦境纠缠仪，不再干涉人世间的事情。特梅尔人和克特里人将会和平相处，独立发展自己的文明。这样的文明，就是继承亚诺文明的继往开来；这样的人民，就是延续亚诺人民的永世长存。

"我想，目前流雄短时间不会再觊觎 S 洲了。"

沐重将昌盛津、胜影、施罗德、宇归和迪奥召集在一起，不等他发话，施罗德便率先发表了他的看法。

"没错。不过这段时间会有多长，却不好说。"

宇归内心里并不踏实。

"我们应该乘胜追击，占领 A 洲。"

昌盛津显得踌躇满志。

"我们维持现状不好吗？非得要占领 A 洲？占领了 A 洲之后，我们是不是会继续占领 D 洲、F 洲和 J 洲？"

迪奥有些保守。

"不除掉流雄，我们不会有好日子过。"

胜影还是深恨流雄。流雄禁闭他的仇，仍然念念不忘。

"是呀。我们为什么会有这场战争？根本原因就在于，我们想让夏当的特梅尔人有自己的梦想，这才能让亚诺文明有更好的继承和发展。为此，我们还需要继续战斗。"

沐重的话志存高远，大家不由得感到重任在肩，使命感爆棚。

"我可以再和流雄谈一次，争取让他转变观念，销毁梦境纠缠仪。"

迪奥主动请缨。

"不行！你此时去会很危险。现在流雄一定非常恼怒。只怕稍有不慎，便将你扣留下来。再说，这场战争，到目前为止，我们只是保住了 S 洲。他的基本盘没有变化。维持现状，原本就是他一开始的主张。让他此时放弃立场，估计不太可能。"

昌盛津分析得头头是道，让大家频频点头。

"确实如此。想让他改变立场，首先我们得拿下 A 洲，和他势均力敌。再去谈判，也许会有成效。"

宇归看着沐重，眼神里流露出不容停滞的意图。

"那我们就渡过 W 洋，拿下 A 洲！待到那时，再考虑让迪奥前去谈判。"

沐重认可宇归的主张，做出了最终的决定。

此时要想拿下 A 洲，确实存在诸多有利条件。海面上 300 艘战船，没有任何损坏，足够用来运送天幕军抵达 A 洲。S 洲的特梅尔人，老家就在 A 洲，熟悉那边的地理。从螺丝军那儿缴获的刀剑、弓箭、火炮、战马、铠甲、火药、粮草等战争物资，也足以满足天幕军的需求。

A 洲兵力空虚，一时半会儿，流雄还来不及从 D 洲、F 洲和 J 洲调遣军队增防 A 洲。最关键的，现在 S 洲大陆上，特梅尔人坚信自己信奉的是真正的神，其他地方的人信奉的是假神。在神的使者带领下，征伐异教徒，是解救他们，而不是杀戮他们，这是正义的圣战。

进攻 A 洲也存在着不利的条件。其中最不利的条件，就是天幕军一旦离开 S 洲，就脱离天幕系统的覆盖，直接暴露在梦境纠缠仪的量子广播下。战士们的意志只怕又落到流雄的掌控中。

流雄一定会反复托梦给天幕军战士，让他们皈依他，调转枪头杀回 S 洲。克特里战士虽然不受梦境纠缠仪的影响，但是他们只有 6 万人，一方面要消灭 A 洲的螺丝军，另一方面还要防范天幕军的特梅尔战士，很有可能两面受敌。真要出现这样的局面，只怕会赔掉天幕军的老本。不但占领不了 A 洲，还会丢掉自己的根据地 S 洲。

"这个好办。我来研制微型天幕系统。把它配给每一名特梅尔人，它可以保护战士们的意志不受流雄的控制。我们对战士们说，佩戴着它，神就会与他们同在。"

昌盛津的话，顿时让大家顾虑全无。

阿伦纪元 129 年春，天幕军每一名战士，无论是特梅尔人还是克特里人，全都在脖子上挂着十字形吊坠的项链，登上 300 艘战船，扬帆起航，浩浩荡荡地向着 A 洲进发。这十字形吊坠，就是昌盛津研制的微型天幕系统。

夺取 A 洲的东征，比沐重预计的还要顺利。天幕军从圣战关

起，向东需要攻克 10 个关卡，才能走出山区，来到大草原。10
个关卡是整个东征最难攻克的部分。想当年，朵钰皇帝打到第十
关，用了 5 年的时间。

正如沐重所料，A 洲确实兵力空虚，流雄没有增派一兵一卒。
一路上，所有的关卡都只有 100 多个螺丝军战士把守。天幕军不
费吹灰之力，就扫荡干净。仅仅用了 3 个月的时间，就攻下了这
10 个关卡。

昌盛津也没有闲着。天幕军在前面开路，他便在后面架设天
幕系统。等到天幕军走进大草原，天幕系统就覆盖了 A 洲西部的
整个山区。

天幕军来到大草原后，就再也没有遭遇到螺丝军。这里被流
雄规划成特梅尔人的生活区，有的国家是农耕，有的国家是游牧，
还有的国家专事战备物资生产。

天幕军由此获得了更多的生产资料和劳动力，也获得了充足
的兵力来源。整个 A 洲也被天幕系统完全覆盖。所有国王带领着
他们的臣民，也都像 S 洲的人一样，五体投地，朝着流雄他们高
呼："神万岁！使者万岁！仙人万岁！"

夏当行星的北半球，东边是 A 洲，西边 S 洲。在南半球，则
有 D 洲、F 洲和 J 洲。这三个大陆均匀分布，和 A 洲、S 洲互呈
掎角之势。无论从 S 洲乘船南下，前往南极 N 洲也好，还是从 A
洲乘船南下也好，都需要从南半球的两个洲之间穿过。天幕军的
船队很容易受到左右夹击。

如果从北半球的一个洲出发，去攻占南半球的任何一个洲，
其他两个洲就会乘机北上，从东西两个方向攻击北半球的另一个

洲。如果同时攻占南半球的三个洲，则兵力容易分散。只要南半球有一个洲的战局不利，就有可能牵一发而动全身，影响整个战争走势。

沐重鉴于这种形势，打算按照事先的计划，派遣迪奥再次前往南极螺帽，和流雄来一场最后的谈判。

流雄也预感到沐重很有可能进攻 A 洲。他想从 D 洲、F 洲和 J 洲调兵遣将前往 A 洲，与沐重再来一场决战。不过他又担心，万一沐重声东击西，佯攻 A 洲，实则挥师南下，直接夺取 D 洲、F 洲和 J 洲，那这三个洲兵力空虚，极有可能失守。南半球只要有一个洲失守，南极螺帽就面临着巨大的风险。

流雄按兵不动，其实内心里也有一份侥幸。他期盼沐重主动出兵，离开 S 洲。只要一离开，就会脱离天幕系统的保护，就会进入梦境纠缠仪的作用范围。流雄的旨意就会传达到天幕军战士的脑海中。到那时，天幕军必定不攻自破。

流雄没有料到，天幕军即便离开 S 洲，也同样不受梦境纠缠仪的影响。再深入了解，才知道昌盛津发明了微型天幕系统——十字架项链。这让他不得不佩服沐重确实是棋高一着。

等到天幕军在 A 洲攻城略地时，再调遣南半球三个洲的兵力已经来不及。流雄只得眼睁睁地看着天幕军顺利占领 A 洲，看着南北对峙的局面就这样形成。

"不必担心。"

看到流雄心里危机感深重，薇欧拉连忙过来安慰。她判断沐重拥有北半球的 S 洲和 A 洲后，主动南下攻取南极螺帽，无论从海路还是从陆路，都有软肋。这与沐重等人的分析不谋而合。

"迪奥会来谈判的。"

薇欧拉做出的预判非常准确。话音未落，迪奥骑着虎足凤鸟已经来到门前。

"上次一别后，非常想念各位。"

迪奥笑眯眯地和流雄、薇欧拉、森海一一握手。

"您能来，真是太好了。"

薇欧拉笑脸相迎。然而流雄和森海却面无表情，默不作声。

"这次拜访，除了看望你们三位，还受沐重所托，希望握手言和，重归于好。"

迪奥一改上次的谈判风格，直奔主题。

"握手言和？重归于好？"

森海很不高兴迪奥以胜利者姿态，故作高调。

"沐重的意思是，大家大可不必操心凡间之事，何不做一个逍遥自在的神仙，尽情享受夏当行星上风貌物产。"

迪奥并不介意森海的愤愤不平。

"我的意思，人世间的变化，自有天道，何必为此让我们两家闹得不愉快呢？"

迪奥见流雄一直沉默不语，便两眼盯着他，希望他能说一两句话。

"我对你们，并无成见。只是人各有志，也不能勉强。"

流雄心里这才明白，迪奥这次来，并不是想维持当前南北对峙的局面，而是想让自己放弃立场，和沐重保持一致。

"您这话也对。俗话说得好，进一步逼虎伤人，退一步海阔

天空。我建议，南北双方，建立沟通机制，对于防止误判和控制
危机，都有现实意义。"

迪奥的外交用词真是炉火纯青。

"我也赞同，通过对话协商解决彼此分歧和争端。"

流雄突然放下姿态，积极附和。只要保持当前的局势不变，
总有一天，流雄就能够和沐重决一雌雄。流雄意识到，自己并不
是万能的神，仅仅依靠梦境纠缠仪假借神的名义，显然是不够的。
从今往后，他和薇欧拉、森海应该向对方学习，走进人世间，给
予种种恩惠，显示种种神迹，也让凡人们虔诚而狂热地迷信他们。
实现这样的目标，需要和平，也需要时间。

"要不先聊到这儿，我们双方都再冷静理智地想一想。半年
之后，我们专程拜访沐重，如何？"

薇欧拉不失时机地终止了这次谈判。

沐重仔细地听完迪奥的汇报，便知道流雄并没有放弃自己的
立场。流雄同意继续谈判，不过是幌子。他这是在拖延，在等待
东山再起的时机。他的时机是什么，却不得而知。

"我们需要等待他的到来吗？"

"他不会来的。"

昌盛津这么干脆的回答，让迪奥脸一红，好像自己很幼稚。

"那他会利用这半年干什么？"

施罗德说出了沐重心里的疑问。

"他无非是想学习我们下凡。"

"有道理！你真是足智多谋！"

沐重豁然开朗，由衷地佩服昌盛津。

"就像北半球我们是真神一样，流雄一旦下凡，也一定会成为南半球的真神。这方面的优势已经不存在了。半年之后必有一场势均力敌的战斗。"

沐重皱着眉头。

实际情况并没有像沐重所担忧的那样发生。迪奥的外交还是很有效果。说是半年后再启动对话，实际上并没有如期举行，但也没有发生战争，而是迎来了长时间的和平。

D洲的西北角对着北半球A洲的西南角。流雄估计沐重首攻之地就是D洲。这两角之地离得比较近，形成一处海峡，海峡最窄的地方，也就150海里。沐重从那儿登陆D洲可能性最大。在D洲的最南端，与南极N洲之间，又有一处海峡，最窄之处仅有60海里。可以说，沐重占领D洲，就非常容易夺取南极螺帽。

流雄这次没有迟疑，首选之地便是D洲。D洲最为重要，他骑着汞龙来到D洲的凡间，要做D洲上的真神。

薇欧拉坐在巨龟莲上，渡过大海，来到F洲。森海的坐骑是牛角豹。流雄只好驾着映旗号穿梭机，跨过海洋，将他与牛角豹一起送到J洲。

毋庸置疑，流雄、薇欧拉和森海的出现，实实在在地让南半球的人们感受到真神显相。头顶紫蓝光环，让人感到莫名的神圣。腾云驾雾，空中飘来飘去，更让人惊诧万分。身下的怪兽，则是闻所未闻，见所未见。这形象，再配上梦境纠缠仪的旨意传达，人们自然会高呼："昨晚我梦见过他！他是神的使者！他是仙人！"

只要有空余时间，流雄骑着汞龙，还会飞往 F 洲和 J 洲。他要让整个南半球的凡人们，都尊奉他是神的唯一使者，而薇欧拉和森海，则是使者的左膀右臂。

梦境圣战结束不到 6 年，昌盛津给沐重带来一个好消息，让沐重感到前所未有的兴奋。

在梦境圣战中躲在影圣山的那些孩子们，已然长大。施罗德和阿霞的第一个男孩，一直在天幕系统的保护下成长到 25 岁。在此之后，他接受了梦境纠缠仪的诱导，能够被动做梦，接受流雄的旨意。不到一年，他便能够自发做梦。现在，他已 30 岁，终于有了稳定的，自发做梦的能力，再也不受流雄的摆布。

大家一见到这个孩子，顿时就感受到他自内而外散发的独立气质，感受到他那具肉体中蕴涵着一个鲜活的、充满梦想的灵魂。昌盛津的实验取得预料中的成功。

"任重道远。"

昌盛津收敛起成功的喜悦，脸色变得凝重。

"您的意思……"

"沐重，还记得我上次说的吗？"

沐重一脸茫然，不知道他指的是哪一次。

"上次我反驳过你。全混血儿如果不能自发做梦，是不会遗传给下一代的。同样，如果能自发做梦，也不能遗传下一代。"

"我明白了。我们必须扩张，让天幕系统覆盖全球。同时，还不能销毁梦境纠缠仪。等到孩子们年满 25 岁后，我们还得使用梦境纠缠仪诱导他们自发做梦。"

沐重停顿了一下，继续说道：

"这不可能。梦境纠缠仪，通过魔方系统，被流雄掌控着。除非杀死他，我才能够掌控它。"

"沐重，不必如此。稳定的家庭非常关键。"

"这……这……这何从谈起？"

"回顾梦境纠缠仪与天幕系统的研发，我突然明白，其实我们每一个人，就像梦境纠缠仪一样，都在和别人的所思所想发生着量子纠缠。两个人交换一下眼神，往往便知道彼此的想法，这就是量子纠缠。"

看着沐重点点头，昌盛津继续说道：

"如果全混血儿父母能自主做梦，他们的孩子，从生下来开始，就会受父母意志的量子纠缠。只要家庭保持长期稳定，孩子们年满25岁后，就能自发做梦。在亚诺行星上，没有天幕系统，也没有梦境纠缠仪，特梅尔人一代接着一代，都能自发做梦，都能拥有梦想，本质上是意志与意志之间量子纠缠的结果。"

"按照您的理论，我们应该指腹为婚吗？安排有梦想的人结为夫妻。"

"是的。这样更保险。父母都有梦想的，量子纠缠的诱导作用更大。我有这样的强烈感觉，孩子们不需要等到25岁，可能更早，也许15岁左右，就可以拥有梦想了。"

"施罗德的孩子为什么这么晚？"

"他经常在外面玩，和孩子待在一起的时间少。稳定的家庭，就是指父母要经常陪伴孩子们。再说，阿霞也不是有梦想的人。"

依据这么多年的实验数据，昌盛津进一步指出，如果再有一个自发做梦的女孩，施罗德的这个男孩就可以和她结婚生子。他俩的孩子在他俩的抚养下，一定会自发做梦，成为拥有自己梦想的人。这样的家庭越多，家庭关系越稳定，拥有梦想的人就会越来越多，就可以一代代传承下去。这也意味着，天幕系统和梦境纠缠仪必将退出历史舞台，流雄将再也不可能传达旨意了。即便显现真身，下凡人间，也注定不会走多远。

"都是从小诱导，为什么梦境纠缠仪的诱导会固化孩子们的被动做梦，而父母意志的诱导会是自发做梦？"

"这是剂量问题。梦境纠缠仪量子纠缠剂量太大。梦境纠缠仪时时刻刻在纠缠，还面对所有人纠缠，剂量太大，固化了被动做梦。父母意志的纠缠，只是偶尔发生，也是点对点的纠缠，剂量小，能够诱导出自发做梦。"

昌盛津对于沐重的刨根问底，显得胸有成竹。他的研究工作做得非常深入。

沐重等众仙看到，流雄果然如昌盛津所言，下凡人世间，便针锋相对，纷纷骑着各自的神兽来到南半球。这样做，必然会让流雄他们，来而不往非礼也，也会前往北半球。

沐重期盼出现这样的局面。整个夏当世界，凡人们都知道他们的存在，也必然会知道以沐重为代表的北派仙人，与以流雄为代表的南派仙人之间的矛盾和纷争。凡人们敬畏神的使者，绝大部分人不敢掺和仙人们的纷争。这南北战争也就可能打不起来。

持续保持和平，尤为重要。在和平环境下，北半球越来越多的人在天幕系统的保护下，拥有自发做梦的能力，拥有自己的梦

想。越来越多的人拥有梦想，北半球就会可持续地自主发展文明。时间一长，北半球的文明，必将像浪潮一样席卷南半球。流雄想要复制亚诺文明的愿望注定无法完成。

沐重没有料到，期盼的这种局面不但没有到来，还得不偿失。在北半球，凡人们将流雄也看作是神的使者，并不觉得他和沐重有什么不同。流雄和沐重是平等的。南北两派仙人的观点如果有分歧，由于凡人们不受梦境纠缠仪的影响，因而拥护其中一方是随机的。也就是说，拥护任何一方的概率都是50%，会有一半的凡人认同以流雄为代表的南派观点。

由于有梦境纠缠仪的存在，沐重到南半球，情况却完全不同。凡人们虽然也将他视为仙人，但是要他们认为沐重也是神的使者，可以和流雄平起平坐，凡人们就会反驳：从来没有梦见到过他，凭什么说他就是神的使者？他顶多就是流雄的高级助手而已。凡人们只会支持南派观点，北派观点没有市场。

这样算下来，总的支持率，流雄为75%，沐重为25%。沐重意识到，双方都在极力争夺信徒，这样的局面持续下去，形势迟早会越来越不利于自己。如果真出现这样的支持率，那自己的地盘就会自乱阵脚，甚至爆发内战。再次发动圣战的念头不仅一直留在流雄的心里，此时也在沐重心中悄然发芽。

"现在南北两边长期和平，双方的通航虽然并不频繁，但总还是有的。我们可以利用这一点。"

昌盛津也察觉到形势很微妙。

"你有何妙计？"

沐重立刻来了精神。如果不用发动圣战，当然是再好不过的事情。

"我们生产大量的十字架项链,送给南半球的凡人们,让凡人们梦不见流雄,这样不就可以扭转不利形势吗?"

"送十字架项链的人一进入南半球,不是也接受流雄的洗脑吗?只怕他会供出我们的用意。"

"我们派施罗德的孩子,他不是已经能够自主做梦了吗?他和我们一样,不会受到梦境纠缠仪的影响。还有一批这样的孩子,他们都过了25岁,完全可以胜任此项任务。"

昌盛津早就料到沐重会有此疑问。

"非常好!只要越来越多的人戴上十字架项链,戴上微型天幕系统,梦境纠缠仪就形同虚设。南半球的凡人们就会实现梦想自由。"

沐重频频点头。

"一点儿也不好!流雄早就知道我们的十字架项链,肯定会有所防范。南半球只要有人戴十字架项链,还不给统统抓起来。"

沐重和昌盛津在重仙洞正专注地谈话,没有意识到施罗德的到来。他俩听他这么一说,也觉得这事儿确实不可行。

"你的十字架项链,就不能做成别的?"

"你什么意思?"

昌盛津不知道施罗德葫芦里卖的是什么药。

"这世界上的女人,都喜欢打扮。你们注意到了没有。她们喜欢戴项链,戴手链,戴耳环。反正她们喜欢戴一些奇形怪状的首饰。你要是能把微型天幕系统做成女人喜爱的首饰,就能不被流雄察觉。男人们总是和女人们睡在一起。孩子生下来,是和母

亲睡在一起。孩子长大了，是和老婆睡在一起。男人们也不受流雄的影响。"

施罗德的一席话，顿时让沐重和昌盛津开怀大笑。他俩心里暗想，施罗德的花心，也是有帮助的。

在施罗德的指导下，昌盛津生产了一批花里胡哨的首饰。在施罗德看来，这些首饰肯定讨女人喜欢。昌盛津将微型天幕系统隐藏在首饰中，还增大了覆盖范围。以前只有 1 米的覆盖范围，现在变成 2 米。不用睡在一张床上，只要男人和她在一个房间，就起到作用。

昌盛津还生产了大批隐藏有微型天幕系统的装饰品。女人们还喜欢装饰房间，必然会放一些装饰品。国王们的宫殿再大，饰品多放几个，也能够完全覆盖。无论国王在宫殿里哪个房间睡觉，都可以让他们梦不见流雄的旨意。

昌盛津还增加了定时功能，饰品里的微型天幕系统，夜晚工作，白天关机。因为他们发现，在和平时期，流雄为了节省能源，只让梦境纠缠仪夜晚工作。定时功能，也让微型天幕系统的使用寿命大大延长。更重要的，也增加了隐蔽性。

来自北半球的饰品渐渐成了时尚，成了潮流。它的贸易量也与日俱增，让南半球信奉北派仙人的凡人快速地增多起来，特别是那些女人们。她们喜欢出自施罗德艺术大师之手的饰品，自然更容易接受北派仙人的观点。

女人们不是男人们的神，她们是男人们的招魂幡。女人们可以天天在男人耳边唠叨，也可以夜夜在男人身边劝说。这种影响力，既有持续性，又有即时性。再加上微型天幕系统隔绝了流雄的旨意，绝大部分男人们最终会放弃自己的初衷，和女人们保持一致，也加入信奉北派仙人的队伍中来。

这样的情况不仅仅是南半球才有。北半球的女人也同样喜欢饰品，也同样影响着她们身边的男人，无论是父亲、丈夫、兄弟或儿子。

在男人们中间，国王受到的影响恰恰最多。国王身边，从小到老，从不缺女人。准确地说，被女人簇拥。婴儿的时候，要么是母亲，要么是奶妈，不是陪着睡，就是抱着喂奶。从孩童到成人，从成人到死，国王身边不仅有王后，还有众多的女仆。就是死后进入坟墓，按照有些风俗，也要王后或者女仆们陪葬。

当然，像这种陪葬的风俗，只会出现在北半球。那儿的人各有各的梦想，五花八门，自然会出现各种怪异的风俗。南半球绝对不会出现这种情况。他们的风俗都是由流雄的旨意演变而来的，到处都一样，不会有差异。

国王的王后和女仆们，自然要打扮得漂漂亮亮的。时尚的饰品不可或缺。可以说，这些女人，就是一个个微型天幕系统。有她们在，国王从小到大，怎么可能接收到流雄的旨意？再说了，这些女人都信仰北派仙人，由不得国王不信。

在南半球，信仰北派仙人的人，往往最先是国王、大臣、将军、地主、富商。越有权势，越有财富，家庭条件越好的，身边的女人也越多，也就越是信仰北派仙人。

施罗德的艺术设计，在北半球，让不利己的局面刚刚露出苗头，就被扑灭了。在南半球，让利己的局面如同星星之火，渐成燎原之势。整个夏当行星上的凡人们，十有八九，成了北派仙人

的信徒。

流雄和薇欧拉、森海整天在全世界飞来飞去，到处显示神迹，看到凡人们向他们跪拜，高呼万岁，却不知道这些凡人们只是行使见到神的使者、见到仙人的礼仪。这就像农民见到县太爷就要下跪一样，谁知道他们内心里又是怎么想的？他当真是打心眼儿里信奉县太爷吗？

薇欧拉敏感，隐隐地觉得有些不太对劲儿。凡人们的礼仪中，似乎少了精气神，那种狂热而虔诚的精气神。特别是在国王们身上，体现最明显。她向流雄建议，应该回到南极螺帽看看。他们在简社大殿里，看着魔方系统的显示屏，终于发现了梦境纠缠仪的异样。

梦境纠缠仪正常情况下，如果成功纠缠上一个人，让他在睡眠中做梦，梦到流雄的旨意，就会在显示屏上亮起一个点。显示屏上有一张世界地图，亮点在哪儿，也表明人在哪儿。

在城市里，人口比较密集，对应在地图上，就是密密麻麻的亮点。而在农村，地广人稀，地图上就是稀稀疏疏的亮点。在天幕军攻占 A 洲的时候，流雄看到这张地图上，A 洲上的亮点由西向东，渐渐熄灭，直到全部熄灭。反观南半球的三个洲上，亮点稀疏有致，和人口的地理分布完全一致。

但是现在，他很惊讶地看到，在整个南半球上，亮点寥寥，和人口的地理分布相差太大。森海赶紧启动三台梦境纠缠仪的自检。不一会儿，魔方系统显示：微型天幕系统干扰。

"南半球怎么可能会有天幕系统，怎么会有十字架项链呢？

我对国王们曾经千叮咛万嘱咐，这是邪恶之物，会带来痛苦与灾难，难道他们都忘记了吗？"

流雄瞟了一眼薇欧拉脖子上的一串项链，突然发现，他的妈妈穿戴得高贵华丽。耳环、项链、手镯、戒指……一应俱全。

"我们在人间。也没有看到有人戴十字项链呀。"

森海也很疑惑。

"我们应该直接问问那些国王。也许在他们那儿会有所发现。"

薇欧拉的一只手抚在胸上，食指下意识地摸着项链的吊坠。

"妈妈，把您的项链取下来。"

流雄皱了皱眉。

薇欧拉取下项链递给他。他仔细打量了一番。这是一个银项链，吊坠是金镶石。石头是一块鹌鹑蛋大小的绿松石。项链高端大气有品位，确实让人喜欢。

"这是来自北半球的时尚与潮流。它出自施罗德之手。他在这方面，真是天才。"

薇欧拉不明白流雄怎么会关注她的首饰。难道这首饰有什么问题？

流雄从外观上仔细查看，没有发现问题。索性要来薇欧拉全部的首饰，也同样没有发现异常。

"电子同步辐射扫描。"

流雄给魔方系统下达命令。这时候，一个机器人将这些首饰放在托盘里端走了。

不一会儿，首饰内部的微观结构图就出现在屏幕上。其中手镯的微观结构图明显异常，可以看到里面埋着电子线路和电子元

器件。魔方系统提示：微型天幕系统。

流雄、薇欧拉和森海看到这儿，全都大吃一惊。居然将微型天幕系统安装到薇欧拉身上，这对南派仙人来说，尤其是薇欧拉，极具羞辱。

"现在怎么办。"

沉默了好一会儿，森海望着两位，希望他俩能拿个主意。

"只能去人世间，找国王们一个个地面谈。看看他们的观点，是否真的信奉我们。我们一起去，你做我的侍卫，保护我的安全。"

流雄向森海下达了命令。

"我和国王聊天时，你就和王后、女仆们拉家常，相互交换首饰。我想知道她们是不是都有微型天幕系统。"

流雄接着对薇欧拉下达了命令。

流雄驾着汞龙，薇欧拉坐着巨龟莲，森海骑着牛角豹，一行三人来到一座王宫。王国带着王后、女仆们在宫门外迎接。流雄、薇欧拉、森海跳下自己的坐骑，头顶着紫蓝光环，走进了王宫。

结果可想而知，国王信奉的果然是北派仙人。更可气的，明明是流雄的观点，国王也深以为然，但是他却非要说成是北派仙人的观点，内心里根本没有流雄的位置。

在薇欧拉那边，同样令人失望。王后和女仆们比国王更加坚定地信奉北派仙人。交换回来的首饰也表明，王后和女仆们都是国王身边一个又一个的微型天幕系统。

流雄心中暗暗叫苦。好不容易建立起来，看似固若金汤的信仰帝国，就这样被女人们的虚荣心粉碎。流雄只能继续前往一个个王宫，亲自面见国王们，试图让他们重新皈依南派仙人。

"我想刺杀他们。"

胜影阴着脸，冲着沐重说道。薇欧拉是沐重的外婆，流雄是沐重的舅舅。森海倒是和沐重无亲无故。胜影刺杀这三个人，其中有两个是沐重的亲人。他不得不征求沐重的意见。

"这是你的自由。"

19. 阿伦纪元 149 年

阿伦纪元 149 年冬季的一个黑夜里，王宫里的侍卫队照例巡查。他们走近流雄、薇欧拉和森海居住的三间客舍时，发现十来个蒙面刺客，正破门闯入仙人们的房间。等到他们快步走进客舍时，这群刺客已经将流雄、薇欧拉和森海杀死，翻窗逃走。三位仙人都身首异处，紫蓝光环落在地上。薇欧拉和森海睡在一起，死在一张床上，全身赤裸着。

侍卫们想着这些刺客能够干净利落，如此之快地杀死三位仙人，手段一定比仙人更高明，自己肯定不是对手。他们不敢前去追捕，只是站在原地高声大喊："有刺客！有刺客！"

他们的喊声惊动了宫墙外的侍卫队。他们不明就里，发现这些刺客从宫内翻墙而出，便迎上去拦截。一阵厮杀之后，侍卫队仗着人多，杀死了四个刺客。这些刺客太一根筋了，全都是不战死不罢休的架势。要不是这样，侍卫队可以将刺客全部消灭。

宫内的侍卫队听到宫墙外的厮杀声，急忙赶到宫外，吃惊地看着刺客的尸体，心里想着，原来三位仙人是被凡人所杀。

暗杀行为所带来的后果，沐重早已有所预料。它一劳永逸地解决竞争对手，但是也必然会引起信仰危机。

事实确实如此。人们开始怀疑所谓神的使者、天上仙人，很可能也是凡人肉身。他们和凡人一样，并不是刀枪不入，同样也有着男欢女爱。

凡人们这么看待南派仙人，自然会这么看待北派仙人。沐重知道，暗杀行动让凡人们自我意识彻底觉醒了。他们已没有继续扮演神的使者、天上仙人的可能，也没有这种必要。

沐重、昌盛津、施罗德、宇归、迪奥和胜影，他们相视一笑，遣散了各自的神兽。沐重驾驶迹语号穿梭机，和昌盛津、胜影一起，将部署在S洲和A洲大陆上的天幕系统统统收回。

至于天幕军的那些十字架项链，还有散布在世界各地女人们手中的饰品，那里面有微型天幕系统。要想一个不落地回收，已是万万不可能，只有听之任之。不过时尚和潮流，总是短暂的。用不了多少年，它们自然会消失殆尽。没有人会知道，这居然是外星人的东西。

沐重和众仙们将天幕系统、飞行云台等等仪器设备，堆放在仙洞里，再将所有的仙洞彻底炸毁，不留一点儿痕迹。盛津仙洞里的径犹号穿梭机，也被彻底炸毁。

接着，他们登上迹语号穿梭机，来到南极螺帽。在凌波宫深处的一个房间里，他们惊讶地发现，一个机器人正在陪着一个两岁的小男孩玩耍。

这是薇欧拉和森海的儿子。他俩乘着流雄在全世界显示神迹，偷偷地生下了他的弟弟，和他年龄相差1000多岁的弟弟。沐重看着这个男孩，心里很无奈。按辈分，这是他的小舅舅。

三台梦境纠缠仪还在夏当行星的近地轨道上飞行。沐重命令

魔方系统，让其中的一台保留，其他两台降低速度，坠毁在夏当大气层燃烧着的怀抱里。

沐重将迹语号穿梭机开进南极螺帽开阔的前厅，关上大门。北派仙人们坐在映旗号穿梭机里，透过舷窗，远远地看着南极螺帽。沐重沉默了好久，还是按下了红色按钮。一团巨大的火球卷着浓烟升起，激起的气浪四散开来，猛烈地抖动着映旗号穿梭机。

等一切平静后，南极螺帽变成了一个深深的大坑。冰雪会很快地掩盖这一切，不会留下一丝外星人的痕迹。

他们乘着映旗号穿梭机，来到海面上。那儿漂浮着一艘海船。他们登上海船后，穿梭机便沉入大海，沉入夏当行星上最深的海沟中。

他们取下各自的紫蓝光环，纷纷抛进海里。既然不想长命百岁，就不用害怕夏当行星上的病毒。再说了，现在满世界都是特梅尔混血儿，他们在生老病死的过程中，也改变着病毒。病毒也不再那么致命。

海船即将靠岸时，昌盛津将手掌一摊，露出七颗仙丹。大家一人拿起一颗，吞服了这最后一颗长生不老药。沐重怀抱着比他小 1000 多岁的小舅舅，也喂了他一颗。接着，他们一个个上岸，消失在人群里。他们将做回凡人，再过一次人世间的生活。

在踏上彼岸后的 120 年里，每个人在临终前使用了一次梦境纠缠仪。此时的梦境纠缠仪的量子纠缠剂量大大降低。沐重和昌盛津在毁灭南极螺帽之时，曾对最后一台梦境纠缠仪做了调整，让它纠缠基因编码信息。准确地说，它应该被称为：投胎纠缠仪。

迪奥最先使用投胎纠缠仪。他死去的那个晚上，人世间有一个育龄妇女成功地怀上他，并在十个月后将他生下来。和梦境纠缠一样，这个婴儿究竟有多少扭曲，或者换句话说，有多像迪奥，这个不得而知。陆陆续续地，宇归、昌盛津、施罗德、胜影、沐重以及他的小舅舅也相继离开人间。除了胜影没有成功外，其他人都顺利地投胎，又回到人世间。

"克特里人究竟能不能做梦？"

沐重心中始终有这个疑问。看着昌盛津即将投胎，他忍不住问道。

夏当行星上的特梅尔人和克特里人原本都不能做梦。只是因为桑托斯在夏当行星上有了混血儿后代，800 多年后的阿伦才有了做梦的可能。

"可以。"

昌盛津在太空岛的时候，就已经找到了亚诺特梅尔人能够做梦的基因片段。他完全可以使用基因编辑技术，让克特里人做梦。

"为什么不去实现？"

"灭绝……他们会灭绝……特梅尔人。"

昌盛津艰难地吐出这句话，平静地闭上眼，投胎转世。

自然界只能有一个最高等级的物种。如果同时有两个，那将是灾难，直到其中一个被灭绝。克特里圣人很聪明。如果拥有梦想，在他的领导下，智力不高但又彪悍的克特里人，会显现出另一种强大。在人类文明发展的初级阶段，完全有可能灭绝聪明但又温和的特梅尔人。

沐重长叹了一口气，感觉到一丝庆幸。在亚诺文明萌芽的时候，也许有某个外星人，他选择了温和的特梅尔人，赋予他们拥

有梦想的天资。昌盛津早有这样的领悟，闷在心里不说，只让夏当行星上的特梅尔人拥有梦想。

沐重死前，将一颗红宝石交给他的小舅舅。小舅舅临死投胎前执行了沐重的遗嘱。他将红宝石放在自家窗台，让正午的阳光照耀。投胎纠缠仪遥感到红宝石的光芒，启动了定时程序。15天后，投胎纠缠仪完成了小舅舅的投胎，接着坠毁在夏当行星的大气层里。来自外星的最后一丝痕迹终于被抹除了。

很多很多年以后，夏当历史学家研究发现，在这120年里，特梅尔人诞生了6位举世闻名的人物。他们在成年后，对整个夏当文明做出了杰出的贡献，涉及数理、生物、政治、艺术、宗教等领域，具有划时代的、里程碑式的深远意义。

据说，他们的母亲，无一例外，都做了一个奇异的梦：头顶紫蓝光环，身着白色紧身服，骑着神兽，踏着祥云的仙人，将一个白白胖胖的男婴交给她。她双手一捧起婴儿，整个房间顿时充溢着七彩流光，明亮得让她睁不开眼。等她睁开眼时，便醒了。此时，她明显感到肚子里有种说不出来的异样。十月怀胎后，便当真生下一个伟人。

阿伦纪元8500年，夏当文明比亚诺文明更加璀璨。人世间仍然流传着桑托斯复活、衮虞拜师、阿伦渡海、九仙下凡、黑魔之战、梦境圣战、刺客行动、圣人投胎等神话传说。

神话传说似乎在暗示人们：文明的未来，曾经是文明的启蒙。

（终）